目次

伊賀者始末——古来稀なる大目付 8

伊賀者始末　古来稀なる大目付8・主な登場人物

松波三郎兵衛正春……斎藤道三の末裔と噂され「蝮」とあだ名される、七十五歳の大目付。

松波勘九郎正孝……三郎兵衛の孫。祖父の仕事を手伝う銀二に感化され密偵の真似事に励む。

銀二……《闇鶴》の銀二の二つ名で呼ばれた大泥棒。改心し奉行所の密偵となる。

加賀見源右衛門……京都奉行所に異動が決まった南町奉行所与力。三郎兵衛のかつての部下。

桐野……三郎兵衛の身辺警護のために吉宗から遣わされたお庭番。

染吉……深川界隈で一、二の人気を争う売れっ子芸者。

稲生正武(次左衛門)……四名いる大目付の筆頭格。次左衛門は通称。

東雲屋喜右衛門……大奥出入りの御用商人。

松平頼近……水戸藩支藩の陸奥国守山藩初代藩主、松平頼貞の弟。

小出信濃守英貞……吉宗の従妹を正室に迎え、外様ながら若年寄を務める丹波園部藩主。

岸田孫太夫……丹波園部藩の江戸家老。

九蔵……《不知火》の九蔵。大勢の手下を使う盗人一味を率いていた。

《黒霧》の仁三郎……上方を荒した後に江戸に下った《黒霧党》と呼ばれる盗賊一味の頭目。

仁王丸……伊賀の仁王丸。伊賀でも名門の嫡流として知られる。

堂神……元お庭番の大坊主。桐野の弟子。

序

※

「寒いよ、祖父(じい)さん」

障子を半開きにするや否や吹き込んできた肌寒い川風に、勘九郎(かんくろう)は忽(たちま)ち顔を顰(しか)めた。

「寒いから、閉めとけよ」

「景色が見えぬではないか」

三郎兵衛(さぶろべえ)が仏頂面(ぶっちょうづら)で言い返す。

川風とはいえ仄(ほの)かに潮の香が感じられるのは海が近いせいだろう。

「景色なんか、なにも見えねえじゃねえか」

祖父に負けじと仏頂面で言い返しつつも、勘九郎は視線を外の闇に向けた。新月の晩だが、対岸の影くらいは微かに望める。

花の季節で、月明かりでも射していれば夜桜が楽しめたであろうが、いまは桜どころか月も出ておらず、曇っているのか、ろくに星すら見えない。

「儂には見えるのだ」

と言い張る三郎兵衛の目には、果たしてなにが映っているのか。

川遊びにはまだまだ早いこんな季節に船を出すというから、なにか目的があってのことだろうとぼんやり察した。となれば、当然見過ごしにはできない。

「つきあってやるよ」

勇躍ついてきたはいいが、船は、勘九郎が思っていたような釣り舟ではなく、小型の屋根船だった。

「この季節に、酔狂だな」

「いやなら別につきあわずともよいぞ」

勘九郎は首を傾げたが、三郎兵衛は一向悪びれない。

「船頭はいい。船はこちらの者が漕ぐ」

と、船宿で船を借りる際に三郎兵衛が言ったこちらの者とは、無論銀二のことにほかならなかった。

「銀二兄（にい）、屋根船も漕げるの？」

内心目を見張りながら勘九郎が問うと、

「なあに、多少大きさが違っても、船は船でさあ」

事も無げに銀二は答え、実際事も無げに艪（ろ）を操った。

その器用な艪さばきを、勘九郎は感心しながら眺めていたが、船が進むにつれ川風が冷たく感じられ、無意識に障子を閉めてしまった。

座敷内には、一応酒肴（しゅこう）の用意が整えられているが、寒い艫（とも）で一生懸命船を操っている銀二に申し訳なくて、到底手をつける気にはなれない。

それは三郎兵衛も同様であろう。

「なんで船頭を頼まなかったんだよ。銀二兄だけ一人で外で、可哀想（かわいそう）じゃないか」

「仕方あるまい。いざというとき、銀二でなければ役にたたぬ」

「いざというときってなんだよ？」

「わからぬのか？」

「わかるけど……銀二兄が船頭しなきゃならない理由はわからねえな」

「何故わからんのだ。たとえば、いまここで、何奴（なにやつ）かの襲撃を受けたとしよう」

「そんときは、船を操る船頭が別にいて、銀二兄が戦力になったほうがいいじゃねえかよ」

「たわけが。銀二ならば、誰よりも巧みに船を操り、危機を回避することができるのだ」

「え？」

「されば、無駄な殺生をする前に逃げることも可能なのだ。刺客と雖も、尊い命じゃ。誰彼かまわず命を奪ってよいわけがない」

「………」

三郎兵衛の語気の強さに、勘九郎は容易く言葉を失った。

（そんなこと、夢にも思っていねえくせに）

呆れて二の句が継げなかった。

（あれから、なんとなく元気がねえように見えたのは思い過ごしか……）

そんなことを考え、しばし口を閉ざしていると、三郎兵衛が不意に障子を開けたのだった。

浜町河岸より漕ぎ出してから、四半刻ほどが経っている。

寒い、と苦情を述べたことを、勘九郎はすぐに後悔していた。寒いのに一人で外で艪を操っている銀二が可哀想だと言ったことと矛盾するからである。

「銀二が可哀想とはよくぞぬかした。己（おのれ）は座敷の中でぬくぬく温まりたいか、軟弱者めが」

三郎兵衛から鋭く指摘されるであろうことも覚悟したが、何故か三郎兵衛はそのことに触れず、

「そもそも貴様は、どういうつもりでこの船に乗っておるのだ」

唐突に問うた。

「え？……どうって……」

勘九郎は当然戸惑う。

「大方、芸者でも呼んで大盤振る舞いするとでも思うたのであろうが」

三郎兵衛の言葉は情け容赦なく勘九郎を斬りつける。

「ち、違うよ。…そんなこと、思うわけねえだろ」

勘九郎は懸命に否定したが、乞われもせぬのに自らついてきたのは事実である。芸者は兎（と）も角（かく）、なにかを期待していなかったといえば嘘になるだろう。

「あっしのことなら、どうかお構いなく」

見かねた銀二が、すかさず声をかけてくれる。座敷の障子が開いていようが閉まっていようが、もとより中の話し声は筒抜けであった。

「好きでやらせていただいてるんで、お気遣い無く。若はゆっくり酒でも飲んでてくだせえ」

「銀二兄……」

「それに、たまにはこうして体を動かす仕事をしてねえと、なまっちまいますからね」

銀二はいつもの口調で言ってくれるが、だからといって、到底酒を飲む気にはなれない。

「ほれ、銀二の許しが出たぞ。飲め、豎子（こぞう）」

明らかに揶揄（やゆ）する口調で三郎兵衛は言い、酒器をとって勧めてくる。

「いいよ」

勘九郎は頭（かぶり）を振った。

「そんな気分じゃねえよ」

「遠慮するなど、日頃意地汚いうぬらしくないぞ」

三郎兵衛は少しく面白がる。

「別に遠慮してるわけじゃねえよ。……酒なんか飲んでたら、怪しい船が近づいてきたとき不覚をとるだろ」

「なるほど。怪しい船が近づいてくるかもしれぬという予感はあるのだな」

「祖父さんが自分で言ったんじゃねえか。もしいま、この船が何奴かに襲撃を受けたとして、って――」

「あれはものの喩えだ。とはいえ、貴様にとって怪しい船とはどのような船だ？」

「ど、どんな船って……」

勘九郎は容易く言葉に詰まる。

「言っておくが、本当に怪しい船は、水上でいきなり襲ってきたりはしないものだ」

「なんでだよ？」

「考えてもみろ。船が船に近づく際、相手に気づかれず急速に近づくことができると思うか？」

「………」

「こちらが気づけば、当然相手も気づく。気づけば即ち警戒される。警戒されればそれ以上近づくことはできぬ」

「………」

「それ故、探索中に怪しい船を見かけたら、無闇と近づいたりせず、遠巻きに様子を窺うのが鉄則だ」

「そ、そうなの？」

戸惑いつつも、勘九郎は問い返す。

「けど、それじゃあ、実際に怪しい船を見つけて捕まえるときはどうするんだよ？」

「どうもせぬ。こっそりあとをつけて、陸にあがったところで捕らえるまでだ」

「え？」

「疚しいことをしている者に、不意に近づいてみい。狼狽し、狂ったように反撃してくるわい」

「反撃って、なんだよ。別にこっちは攻撃なんかしねえだろうが」

「していなくても、相手はされたと思うものだ」

「なんでだよ」

「不意に現れる者は即ち敵。疚しいことを為す者は須く、そう思うものだ」

「じゃあ取り引き相手は？」

「取り引き相手？」

「取り引き相手が近づいてきても敵と見なして狂ったように反撃してたんじゃ、商売にならねえだろうが」

「取り引き相手とはなんのことだ？　それに商売とは？……一体なんの話だ？」

三郎兵衛は怪訝そうに小首を傾げて勘九郎を顧(かえり)みた。

「なんの話って……」

その真剣な視線に一瞬戸惑(とまど)ってから、

「抜け荷の悪徳商人を捕まえようとしてるんだろ」

大真面目な顔で勘九郎は述べる。

三郎兵衛は絶句し、その大真面目な顔を見返していた。しばし無言で見返した後、

「貴様は一体なにを言っているのだ？」

心底わけがわからぬ、といった様子で問い返す。

「だから、抜け荷の船を探しに来たんだろ？」

「誰がそんなことを言った」

「違うの？」

「違いますよ、若」

艫で櫓を握りながら佇立(ちょりつ)していた銀二が、再び見かねたのか、口を挟んできた。

「御前(ごぜん)は、こうやって川遊びの船を装いながら、船で逃げてくる盗賊一味を待ち伏せしてるんですよ」

「え？　そうだったの？」

「…………」

勘九郎は素直に問い返し、三郎兵衛は思わず腰を浮かせて障子の外にいる銀二を見た。

「そうですよね、御前？」

念を押す銀二に、だが三郎兵衛は返事を躊躇った。

「そうなのか、祖父さん？」

「…………」

「え？」

返事を躊躇う三郎兵衛に、少なからず銀二は慌てた。

「ち、違うんですかい？」

「違う」

仕方なく、三郎兵衛は答えた。

銀二の面上から、見る見る生気が失われてゆく。

「違うんですか」

「ああ、違う」

「じゃあ、一体なんのために船を出したんだよ？」

今度は勘九郎が問い詰める番であった。

「目的は、抜け荷の船でも盗っ人一味でもないっていうなら、一体なんのために船を出してんだよ」

「なんのためと言うて……」

問い詰められると、三郎兵衛は容易く困惑した。

勘九郎は兎も角、まさか銀二までがそんなつもりで船に乗っているとは夢にも思っていなかった。

「わかった！」

勘九郎が不意に素っ頓狂な声を張りあげる。

「さては、この前の加賀見さんの件だな！　俺には手を出す気はねえ、みてえなこと言ってたけど、やっぱり本気じゃなかったんだな」

「………」

「なんです、その、加賀見の旦那の件てのは？」

銀二もすかさず口を出す。

「なんでも、船で殺しがあったらしいぜ。若い娘が殺されたんだってさ。……で、その下手人が、三年前にも同じ手口で娘を殺してるっていうんだ」

「三年前……すると、例の――」

艪を握った銀二の手がふと止まったのは、三年前と聞いただけで忽ち思い当たることがあるのだろう。

「な、そうなんだろ、祖父さん？　加賀見さんを手伝うんだよな？」

「そんなつもりはさらさらないわ」

「またまたぁ……手を出すとなったら、祖父さん一人でなんとかなるもんじゃないんだから」

「だとしても、貴様のような半人前になど、なにも頼まん」

「なんだよ、その言い方――」

「頼むのであれば、はじめから桐野（きりの）に頼むわ」

「なんだよ、それ。なんでもかんでも桐野に頼むなよ。忙しいんだから……」

二人のやりとりが、さすがに聞くに堪えなかったのだろう。銀二は軽く咳払いをしてから、

「ところで御前――」

口調を改め、声をかける。

「なんだ？」

「このままですと、そろそろ洲崎（すさき）の弁天（べんてん）様に着いちまいますが、どうします？」

「なに、もうそんなところまできたのか」

「引き返しますか？」

わかりきっていることを、銀二は問うた。

洲崎弁天は、元禄（げんろく）年間に埋め立てられ、ときの将軍綱吉（つなよし）の生母・桂昌院（けいしょういん）の守り本尊を祀ったものだ。当初は陸から少し離れた小島に建てられていたため、「浮き弁天」とも呼ばれていたが、いまは埋め立てが進んで陸続きとなった。故に、船を使わずとも、気軽に詣（もう）でることができる。

「引き返せ」

「え、ここまで来て、お参りしないの？」

にべもない三郎兵衛の返事を、非難するが如く勘九郎は問い返し、

「陸にあがるのは面倒だ」

さも億劫（おっくう）げに三郎兵衛は答えた。

「戻ります」

銀二は直ちに船の向きを変える。

巧みに艪を操るが、船を返して流れに逆らうことになるため、帰路はなかなか厄介

だ。

「あ〜あ、こんなことなら猪牙（ちょき）で来ればよかったのに。猪牙ならこのまま吉原（なか）へ繰り出せたのにな」

「てめえの爺（じじい）と吉原へ繰り出すなど真っ平なのではなかったか？」

「…………」

勘九郎が絶句したその同じ瞬間のことである。

「あれ、あんなところに船が……」

銀二が無意識に口走り、

「船頭はいねえし、どっかの船宿から流れてきたのかな」

「無人の船か？」

その呟（つぶや）きを耳にした三郎兵衛の表情が、瞬時に引き締まったのは——。

「やめてください、お殿様ッ！」

無人と思われた屋根船の中から、微かに人の叫び声が聞こえてきた。

「離してくださいよッ」

若い女の声音である。語気強く、明らかな拒絶の言葉を放っている。

「もう少し船を寄せますか？」

銀二の問いに、

「いや、気づかれずに船を寄せるのは無理だ。一旦船を下りて岸から近づいたほうがいい」

三郎兵衛は当然首を振った。

無人と思わせるために明かりを漏らさぬよう障子を簾(すだれ)で被(おお)い、船頭もおらず、葦原(あしはら)の中に半ば隠されるようにして停められた船の中から、悲鳴に近い女の声が漏れている。

となれば、中でなにが行われているかは、火を見るよりも明らかだ。

銀二は素早く船を操り、葦の茂る岸に寄せた。巧みに下流にまわり込んだので、気づかれる虞(おそれ)はないだろう。

船の舳先が岸に届くか届かぬかというところで、三郎兵衛と勘九郎はともに陸へ飛び降りた。その軽捷(けいしょう)な身ごなしを見て、古稀(こき)過ぎの祖父とその孫だと思う者はおそらくいまい。どこから見ても、二人とも二十代の若者だ。

「やめて！　離してッ！」

「これ、おとなしゅうせぬか」

「だから、いやだって言ってるでしょ」

「ふほほほほ……すぐにいやではなくなるぞ」

「いやなものはいやなんですよッ」

「ふほほほほ……」

近づくほどに、漏れ聞こえる人声は大きくなる。低い男の声音は、兎に角不快だ。

三郎兵衛と勘九郎はともに足音を消して船に近づいた。

その船は、船止めの杭にしっかり纜を括り付けられていた。船を停めて船頭も追い払う。もとより、連れ込んだ女に悪さをするためにほかならない。

「ほれほれ、もっとちこう……」

「いやッ！　いやですッ!!」

「おう！　町場のおなごは活きがよいのう」

「ああ〜、気色悪いッ」

「そう、歓ぶな。ふほぉほぉほぉほぉ……」

「誰が歓ぶか。……いやだって言ってるでしょ！　離してッ！」

「ふはは……離さぬ、離さぬゾォ」

男と女の激しく争う勢いで、船はガタガタと揺れている。

「あんなに嫌がられてるのに全然諦めねえ。相当な助平爺だな」

中の様子を窺いながら、勘九郎は呆れ声を出した。

「ただの助平爺ならばまだよいわ」

「え？」

「あれは、人殺しの極悪人だ」

「人殺し？」

「よいから、二手に分かれて突入するぞ。お前は艫のほうから行け」

「承知ッ」

応えるや否や、勘九郎は船の上へと身を躍らせた。三郎兵衛も又、舷側から船上へ跳ぶ。

跳ぶと同時に、窓に下げられた簾を乱暴にはね上げた――。

そして、反対側の窓からは、勘九郎が――。

「………」

突然の侵入者と、侵入された側、ともに一瞬間絶句した。

中の明かりは、小さな行灯一つであったが、夜目のきく二人にとってはそれで充分だ。

床には膳が転がり、おそらくその上に載っていたであろう盃や皿が散乱しているのを巧みに避けて近づいた。

「な、なんだ、貴様らは⁉」

上等な羽二重の着物を纏った肥り肉の中年男が驚愕の表情を見せた。

羽二重の着物に綸子の袴という殿様風体だが、その手を女の身八つ口から強引に侵入させようとしている品性の下劣さは論外である。

肩を抱かれて引き寄せられた女のほうは、渋い葡萄色の着物の衣紋を大胆に抜いた艶姿だ。白雪のような項を惜しげもなく曝し、あだっぽいつぶし島田の髪がよく似合っている。

(芸者――)

三郎兵衛はしばし絶句したままだったが、

「この、助平爺ッ、いい加減にしやがれ!」

叱咤とともに、勘九郎が芸者の肩にまわされた男の腕を摑んで捻り上げた。

「痛ッ、いたたたた……なにをするか、貴様! この、無礼者がッ」

「なにをするかだと?……笑わせんなよ、助平爺。てめえこそ、いやがる女を相手に、なにやってんだ」

「………」

勘九郎の手に、無意識の力が加わったのだろう。男は忽ち満面を苦痛に歪めて言葉を失った。

「いまのうちに、早く逃げなさい」

三郎兵衛が、すかさず女に向き直ると、

「え？」

女はポカンと口を開け、半ば呆然と三郎兵衛を見つめ返し、

「なに言ってんですよ」

存外伝法(でんぽう)な口調で言い返す。

年の頃は二十歳そこそこか。或いは未だ十八、九かもしれないが、商売柄、毎日父親ほどの歳の男たちをあしらっているため、老成して見えた。化粧のせいもあってか、大輪の牡丹の如く華麗な顔立ちをしている。

「逃げるのはあなたたちのほうですよ、お二方――」

「なに？」

三郎兵衛は訝った。

これまで、危機に瀕した者を救ったことは少なくないが、救おうとしている相手か

ら、斯様に冷静な口調で言い返されたことはない。最前まで、あれほど嫌がって男の手を逃れようとしていたのはただのお遊びか。

「その助平親爺、そうは見えないかもしれませんが、一応お大名なんですよ。立派なお殿様ですよ」

「なに？　大名だと？」

「そ、そうだ。儂は、常陸額田藩二万石の藩主なるぞッ」

　これから狼藉を働こうとしていた女から庇われて、男は百万の加勢を得た心地なのだろう。依然勘九郎に腕を摑まれたままだが、かまわず傲岸に言い放った。

「額田藩？」

　三郎兵衛は、一瞬間小首を傾げてから、

「なんじゃ、そりゃあ」

　すぐ鼻先で嘲笑った。

「そんな藩は存在しない。もしその者が、そなたに対して自らを大名だと名乗ったのだとすれば、そなたは欺かれておるのだぞ」

　三郎兵衛は冷ややかに言い放った。

「え？」

女は目に見えて狼狽えた。

「ど、どういうことです？」

「ありもしない藩の藩主を名乗り、権柄尽くでそなたを意のままにしようと企んだのだ」

「なんですって！」

女の美しい眉が忽ち逆立つ。

「二、二発、殴ってもよいぞ。騙り野郎に騙された上、危うく殺されるところだったのだからな」

三郎兵衛は更に揶揄するように言い、

「き、貴様、なにを言うか……」

猛然と抗議しかける男の横っ面を、女に代わって、パン、パンと二度張った。

弛んだ両頬が、忽ち真っ赤に腫れあがる。

「本当に、贋大名なんですか？」

「額田藩などという藩の名を、お前は一度でも聞いたことがあるか？」

「さ、さあ、よくわかりませんけど……」

「ないだろう」

「は、はい」

「儂もない」

修羅場にあっても終始落ち着いていた女の表情は怒りから戸惑いへと変わっている。

「儂は幕臣だ。その儂ですら一度も聞いたことがないのだ。存在するわけがない」

「ですが、金まわりはよかったんですよ。お座敷に呼ばれるたび、花代ははずんでくれるし……」

「それ、その大盤振る舞いが贋大名である証拠よ。諸事倹約のこのご時世、どこの大名家も内情は火の車だ。金まわりのよかろうはずがない」

「そ、そうなんですか」

「そもそも、大名家の当主が町場で遊興する場合、知られぬように微行でするものだ。堂々と家名を名乗る者などおらぬ。これからもあること故、覚えておくがよいぞ」

「はい」

女が素直に頷くのと、

「おい、なんだか外が騒がしいぜ、祖父さん」

勘九郎がふと表情を引き締めるのと、

「御前、若、大変です。なにやら大勢集まって来てますぜ」

慌てた銀二が注進に来るのとが、殆ど同じ瞬間のことだった。

「なに？」

三郎兵衛は直ちに簾を跳ね上げ、闇の彼方に視線を投げる。

耳を澄ますまでもなく、複数の足音が葦原から響いてきた。

「どうやら侍のようですね」

「十人はいるな」

銀二と勘九郎が口々に言う。

すると、三郎兵衛に頰を張られておとなしくなっていた殿様風体の中年男が、俄に元気を取り戻す。

「おお、まさしく我が手の者たちじゃ!!　腕におぼえの精鋭じゃ!!……うぬら、なます斬りにしてくれるわッ」

「てめえ、うるせえよ。贋大名に家来なんかいるわけねぇだろ」

言いざま勘九郎は、陽気にはしゃぐそいつの後頭部に一撃くれて昏倒させた。

「大方、金で雇った与太者であろうが、十人はちと厄介じゃな」

「なんで？　はったりにきまってんだろ。どうせたいしたことねえ奴らだよ。やっちまおうぜ」

「いや、鉄砲など所持しておったら面倒だ。兎角弱い悪党は飛び道具を使いたがるものじゃからのう」

「そうかな」

「御前のおっしゃるとおりです。早いとこ、ずらかりましょうぜ」

と促す銀二は、もとよりそのつもりで、船をすぐ側(そば)まで寄せてきている。

三郎兵衛は直ちに船側へ出ると、軽々と身を処して隣の船へと跳び移る。

「あんたは?」

三郎兵衛に続いて、直ちに跳び移ろうとした勘九郎は、だがふと女を顧みた。

「え?」

「そいつの仲間が来たら、殺されるぞ」

「………」

「一緒に逃げよう」

勘九郎は真っ直ぐに女を見つめて言い、

「そうじゃ。こんなところでもたもたしておると殺される」

三郎兵衛もすぐに続けて声をかけた。

「一緒に来るんじゃ」

「え、いいんですか？」

女は慌てて腰を上げた。

「あたしも、連れてってもらっていいんですか？」

「当たり前だ」

「置き去りにしたんじゃや、助けた意味がないだろう」

三郎兵衛と勘九郎とは、ともに協力し合いつつ、女をこちらの船に乗り移らせた。

その際手を貸した女の体からは、なにかわからぬが爽やかな芳香が漂っていて、勘九郎は内心焦る。人並みに女郎屋通いも経験したし、湯女に矢場女と、気軽に遊べる女たちとのつきあいを楽しんでもきたが、正直心底「惚れた」という経験をしたことがない。

（それに、こんな別嬪滅多にいない）

何故とも知らず、狼狽えていた。

（いや、化粧のせいだ。化粧してなくても充分美しいぶん、この芸者より桐野のほうがずっと綺麗だ）

懸命に己に言い聞かせる。

しかる後、漸く平静を取り戻した。

「あんた、名前は？」

平静を取り戻した勘九郎が漸くその女に問うたのは、一同を乗せた船を、銀二が見る見る対岸に向かって漕ぎ出してからのことである。

「深川の、染吉っていいます」

やや目をあげて女――染吉は答えた。

引きずる長さの着物の裾をたくし上げて緋色の蹴出しを少しく見せつつ船側に凭れ掛かる姿は、まるで美人絵から抜け出したかのようだ。

船がもうすぐ対岸に着く。

どうやら敵が追ってくる様子はなさそうだった。

「なあ、染吉姐さん、このまま置屋まで送っていくから、そのあいだだけでも酒の相手が頼めるかな」

さっさと座敷に腰を落ち着けた三郎兵衛が、障子を薄く開いて声をかける。

「ええ、他ならぬ命の恩人のお座敷なら、歓んで――」

染吉は存外気軽に応じてくれた。

「…………」

褄をとりつつ座敷に入ると、至極自然に三郎兵衛の隣へと身を滑らせる。

「どうぞ」

舞うように優雅な所作で酒器をとり、三郎兵衛の手の中の盃に注ぎかける仕草を、半ば呆然と勘九郎は見つめていた。

「あれが、染吉姐さんか」

座敷の中を盗み見ながら銀二が無意識に呟いた。

「銀二兄、知ってるの？」

「ええ、深川界隈じゃ、一、二を争う売れっ妓ですよ」

答えつつ、銀二の目は座敷の中に注がれていた。艪を操る手を止めることはないが、視線は染吉に釘付けである。

(それほどの姐さんなのか)

勘九郎は理解し、同時に納得した。到底、己などが太刀打ちできる相手ではないということを――。

第一章　過去の惨劇

一

「まだ内々の話で、正式に拝命するのはひと月以上も先のことになるのですが……」

控え目な口調の中にも一抹の嬉しさを滲ませながら、加賀見源右衛門は切り出した。

おろしたてらしい仙台平の袴の綺麗な折り目を見たときから、三郎兵衛にはある程度察しがついている。

「なんだ。昔の上司にまで、己の出世をわざわざ自慢しに参ったのか」

「いいえ、断じて、そのような――」

三郎兵衛が軽く揶揄すると、加賀見は真顔で首を振り、必死に言い募った。

（相変わらずだ）

その生真面目ぶりを、三郎兵衛は心の中でだけ笑っている。

その日南町奉行所与力の加賀見源右衛門が大目付・松波三郎兵衛のもとを訪れたのは、京都奉行所への異動の報告と、それ故の暇乞いの挨拶のためだった。三郎兵衛が南町奉行の職を去って一年近くになるというのに、律義なことである。

「松波様には、南町の頃から、過分なご厚情を賜りまして——」

「おいおい、正式な拝命はまだ先なのだろう。いまから暇乞いに来る奴があるか」

加賀見の謹直さに閉口しながらも、三郎兵衛はその気遣いを満更でもなく思った。

小普請奉行を一年、勘定奉行を七年勤めたが、やり甲斐も充実感も、町奉行であった三年間には遠く及ばない。与力や同心たちと力を合わせて事件を捜索し、下手人を探索するのは、おそらく三郎兵衛の天職であった。

前任者の中には、奉行所の敷地内に役宅があるため、与力や同心たちの出入りが多く、気の休まるときがないと言う者もあったが、

（だから、よいのではないか）

と三郎兵衛は思った。

番屋から——或いは目明かしや小者たちから直接報告がもたらされた際、奉行所にいれば真っ先にそれを知ることができるのだ。

役宅の奥座敷から出ることなく、与力の報告を聞くだけで、自らはなにもせぬなどということは、三郎兵衛には到底できかねた。与力・同心の報告を聞いてただ命を下すだけでなく、与力・同心とともに探索に加わり、下手人を追う――。

それこそが、三郎兵衛にとって無上の喜びであった。まさか人生の晩年といっていい年頃になって、こんなに愉しい職に就けるとは思ってもみなかった。たったの三年で終わってしまったのが返す返すも残念だ。

大目付への出世は、必ずしも三郎兵衛の望んだものではなかったが、町奉行時代に培った探索のいろはや勘働きは、いまなお三郎兵衛の身にしみ込んでいる。

下手人を捕らえた日には同心たちを労って酒宴を催し、取り逃がした日には叱った後に慰めのための酒宴を催した。

日頃庶民と接している同心たちとの酒席が、楽しくないわけがない。三郎兵衛と同心たちの絆は当然深まったが、それ故の弊害もあった。

「だいたいお奉行様は偉そうなんですよ」

宴も酣ともなれば、酔って三郎兵衛に狎れ口をきく者も少なくなかった。

「これ、立花、よい加減にいたせ」

　そんなとき、同心たちを窘めるのが加賀見の役目であった。

「なんですよ、加賀見さん。今日はお奉行様ととことん飲むんですよ」

「飲むのはよいが、お奉行様に対して、無礼なことを申すものではない」

「よいよい。今宵は無礼講じゃ」

　機嫌のよい顔を見せつつも、三郎兵衛は内心加賀見に感謝していた。三郎兵衛と、礼儀知らずの同心たちだけでは奉行所は成り立たない。

　加賀見のように実直な者がいてこそ、組織は正しく機能する。三郎兵衛のように自ら現場に出たがるやる気満々の司令官と、旗本の殿様など屁とも思わぬ叩き上げの同心たちのあいだをとりもつ与力がいてこその、奉行所なのだ。

　しかし、加賀見の能力は、たんに奉行と同心のあいだの調整役にはとどまらない。

「まあ、よい。なにはともあれ、出世はめでたい。一杯やろう」

「恐れ入ります」

　素直に応じて盃の酒を干した加賀見の表情に、だが喜びとは別の感情がひそんでいることに、三郎兵衛ははじめから気づいている。もとより、何故加賀見がわざわざ早過ぎる挨拶に訪れたのかも、薄々察しているつもりだった。

「どうやら、ただの挨拶というわけではなさそうだな、加賀見」

驚いて三郎兵衛を見返す加賀見の目に、虞(おそれ)と躊躇(ためら)いの両方がある。

「いえ、それがしはなにも……」

だが加賀見はすぐ首を振り、否定の言葉を口にした。他のどんな感情よりも、躊躇いが勝ったのだ。

「別に、なにも……ございませぬ」

(つたく、世話の焼けるやつだ)

それがいつものこの男の癖なのは百も承知ながら、三郎兵衛は内心呆(あき)れている。思い余って三郎兵衛のもとを訪ねてきたくせに、いざとなると、肝心の用件をなかなか口にできない。

(或いは正月の件を気にしておるのやもしれぬな。……眉唾話ではあっても、あれはあれで役に立ったのだが)

という心中を話してやりたいが、そうすれば加賀見は余計恐縮して、一層堅く口を閉ざしてしまうだろう。

それ故、その重い口を開かせるには、少々手間がかかる。

「まあ、儂(わし)はもうそちの上司でも町奉行でもないからのう。今更儂になにか話したところで、どうにもなるまいがな」

わざと冷ややかな口調で、一旦突き放した。

「いいえ、断じて――」

突き放されれば、加賀見は忽ち顔色を変える。

「お奉行様…いいえ、松波様でしたら、それがしなどには思いも寄らぬお考えがおありなのではないかと……」

つい夢中で口走り、口走ってから激しく動揺すると、

「いえ、その……それがしは、なにも……断じて、なにも……」

しどろもどろになり、とうとう言葉に詰まってしまった。

「落ち着け、加賀見」

「はい」

「何度も言うが、儂はもう町奉行ではない」

「承知しております」

「言うなれば、部外者だ。お前たちに対してなんの責任も持たぬし、指図もできぬ」

「重々承知いたしております」

「ならば、なにを話そうと、この場限りの座興にすぎぬ。そうではないか？」

「それは……そうかもしれませぬが」

「だから、話せ。すべては酒席の座興に過ぎぬ」

「松波様」

「そのために、参ったのであろう？」

ゆっくりと落ち着いた口調で問いかけることで、三郎兵衛は加賀見が自ら再び口を開くのを根気よく待った。

すると加賀見は、

「それがし、以前にも、松波様のお耳にくだらぬ妄言を入れてしまい、大変申し訳なく思っております」

最後のほうは消え入りそうな声音で言う。

案の定、西国の外様が一斉に蜂起するなどという途方もない流言を真に受け、わざわざ三郎兵衛に告げたことを猛省しているようだった。

「別に申し訳なく思う必要などない。あの流言は、そちから聞かされずとも何れ儂の耳に入ったであろう。寧ろ、あの話を聞かされたことが切っ掛けとなり、抜け荷の大悪党を捕らえることができたのだぞ」

「しかし、松波様——」

「よいから、話してみよ」

と三郎兵衛は促すが、それでもなお加賀見は口を閉ざし、目を閉じ、なにか沈吟（ちんぎん）している。

（長い、長すぎる……）

加賀見を真似て目を閉じると、酒のせいか、無意識の睡魔に襲われて焦った。

「どうあっても話さぬつもりなら、いますぐ帰れッ」

喉元（のどもと）にこみあげる怒りの言葉を辛うじて呑み込んだとき、

「松波様は、元文（げんぶん）二年のあの件を覚えておられますか？」

遂に意を決した加賀見が、意外に強い口調で三郎兵衛に問うた。

「元文二年？」

三郎兵衛はしばし首を傾げて考え込む。

三郎兵衛が南町奉行の職に就いたのが元文元年。一年を経て職務に慣れ、本格的に町奉行として探索に乗り出すようになると、奉行所で裁かねばならぬ案件が実に多岐にわたることを知った。

ひと口に殺しといっても、実にさまざまな手口があり、下手人がいた。

下手人が、すぐに捕まるときもあれば、捕らえられずじまいなこともあった。数えたことはないが、或いは捕らえられないことのほうが多かったかもしれない。

よく、捕らえられなかった殺しの下手人のことは忘れない、というが、三郎兵衛にとっては必ずしもそうではなかった。どの殺しも同様に記憶に残っているといえば嘘になるし、寧ろ、忘れてしまったことのほうが多いかもしれない。

だが、そんな頼りない記憶の中にも、一つ二つ、鮮明に覚えているものもある。それこそ、覚えているというより、忘れたくても忘れられない記憶というものだろう。

「まさか、赤い根掛の？」

記憶を手繰るうち、三郎兵衛の表情は無意識に険しくなった。

「御意」

と小さく頷くことで、加賀見は漸く腹をくくったようだ。

「先日、洲崎弁天近くの河岸に放置された持ち主の知れぬ屋根船から、若い娘の死骸が見つかりました。赤い根掛で首を絞められて――着物に乱れはなく、手籠めにされた痕跡もございませなんだ。……あのときと、全く同じでございます」

「それで、娘の身許は？」

「それはすぐにわかりました。日本橋正木町の油問屋《美濃屋》の一人娘・お紀美でございます。死体で発見される数日前から、行方知れずになったとの届け出がございました」

「町方は、すぐに捜してやらなかったのか？」

「勿論捜しました。しかし、なにぶん《美濃屋》は大店でございますれば、当初は拐かしではないかと思われたのでございます」

「なるほど、無理もなかろう」

三郎兵衛は納得した。

大店の娘が姿を消せば、拐かしを疑うのは常道だ。拐かしであれば、下手人のほうからなんらかの連絡がある筈なので、それまで無闇と動きまわらぬほうがいい。

「調べによれば、お紀美は近頃、山城座の弥太郎というかけ出しの役者に入れあげ、相当深い仲であったらしゅうございます」

「役者か」

聞き流すそぶりを見せながら、三郎兵衛はさり気なく思案している。

大店の娘の役者遊びは、男にとっての女郎屋通いとは少々違う。

男にとっての女郎は、ただ欲望の捌け口にすぎないが、女は役者に本気の真心を求める。役者という人種に真が存在しないということを知りもしないで。

「当然弥太郎に疑いがかかったな？」

「はい、金に目が眩んでお紀美を拐かしたに違いない、と――」

「それで、その弥太郎とやらを締め上げたのか？」

「番屋にしょっ引き、これから締め上げよう、というときに、お紀美の死体が発見されたのでございます」

「それで弥太郎はなんと申しておるのだ？」

「『全く身に覚えがない』と、『お紀美とは、確かに姿が見えなくなった日に浅草の出合茶屋で逢い引きしたが、そのあと別れた』と言い張っておりまして。……今後本格的に締め上げねばなりません」

「そうか」

三郎兵衛は肯き、また少しく考え込んだ。

弥太郎が下手人であれ、そうでないのであれ、拐かしは一人でできるものではない。だが、本人の協力があれば話は別だ。狂言である。実際、小遣い欲しさにそういう手口で親を騙して金を引き出す不届き者も少なくはない。

「それで、弥太郎の他に、疑わしい者はおらぬのか？」

「いまのところ、おりません。同心たちも、弥太郎で間違いない、身代金の請求をする前に、うっかり殺してしまったに違いない。当人も予定が狂って狼狽えているのであれば、厳しく締めあげれば何れ白状するだろう、と皆夕力をくっております」

「此度の殺しを——」

言いかけて、だが三郎兵衛はしばし言葉を躊躇った。

これ以上踏み込めば、酒の席の座興ではすまなくなるのではないか、と危ぶんだのだ。

己は既に町奉行の職にはない。

強引に加賀見の口を開かせておきながら、三郎兵衛は柄にもなく弱気になっていた。

「松波様？」

「う…む」

「如何なされました？」

「此度の殺しを、元文二年の事件と結びつける者は、他におらぬのか？」

加賀見に促され、三郎兵衛は仕方なく問い返した。

「それは……いまのところそれがしだけかと」

「ならば、慎重にならねばならんぞ」

「え？」

「これがもし、三年前の殺しと同じ下手人の仕業であれば、弥太郎は無実ということになる。無闇と責めて偽りの自白を引き出してはならぬ」

「はい。それは重々承知しております」

「もとより儂は奉行ではない。儂が口出ししてよいことではないがな」

敢えて口にすることで、三郎兵衛は注意深く自らを誡めた。

いくら加賀見がもうすぐ江戸を去るといっても、いまはまだ、南町奉行・水野備前守の配下である。南町の月番中に起こった事件の詳細を部外者である三郎兵衛に話すことも、それを過去に起こった未解決の事件と結びつけることも早計である。

だが、急に不似合いな慎重さを見せはじめた三郎兵衛に反して、加賀見の意気は軒昂であった。

「なにを仰せられます、松波様。この下手人を捕らえることはそれがしにとって宿願でございます。できれば南町を去る前に、下手人をあげたく存じます」

「まあ、そう焦るな、加賀見」

「それがしにはもう、時がございませぬ」

「そうかもしれぬが、なればこそ慎重に……」

「随分と弱気じゃねえかよ」

襖の外で盗み聞きしていた勘九郎が不意に話に割り込んできたことには全く驚かず、

「黙れ、豎子ッ。盗み聞きまでは許すが、口出しは許さぬぞ」

三郎兵衛は厳しく勘九郎を戒（いまし）めた。

すると勘九郎は襖を開けてふてぶてしい顔を祖父に向ける。

「口出しはしねえけど、手は出すぜ」

「なんだと？」

「俺は加賀見さんに協力するぜ」

「貴様ッ！」

激昂した三郎兵衛が思わず腰を浮かせるのと、座敷に入ってきた勘九郎が、

「加賀見さん、聞いたとおりだ。俺は断然あんたを手伝うぜ。なにをすればいい？」

ろくに挨拶もせず加賀見に問いかけるのとが、ほぼ同じ瞬間のことだった。

「勘九郎殿……」

加賀見は半ば呆気にとられ、半ば困惑して口ごもる。

「ひっこんでいろ、勘九郎ッ」

三郎兵衛は更に声を荒らげた。

なに一つ事情を知らぬ勘九郎の介入は、心底迷惑であった。

「なんでだよ。奉行所の同心があてにならねえんだから、誰かが手伝わなきゃ、本当の下手人、捕まえられねえだろ。祖父さんこそ、折角頼ってきた加賀見さんを、なん

で突き放そうとしてんだよ」

「突き放そうとなどしておらぬ」

「してたろうが。てめえはもう奉行じゃねえから、口出しできねえとかなんとか……」

「当たり前のことを言ったまでだ」

「その当たり前のことってのが、祖父さんらしくねえんだよ」

「儂らしくなくて結構だ。うぬごとき豎子が、儂のなにを知ると言うのか。図に乗るなッ」

吐き捨てる語気で三郎兵衛が言い放ったこの数日後――。

だが、三郎兵衛は銀二に命じてなんとなく船を出し、洲崎弁天近くで、深川一の売れっ妓芸者・染吉の危機を救うことになったのだ。

二

一人目の死体が見つかったのは、元文二年三月、鉄砲洲稲荷(てっぽうずいなり)近くの岸辺に漂う屋根船の中だった。

殺されたのは深川の「しば田」という置屋に籍を置く桃太郎という芸者で、お座敷姿のままだったことから、当初は船遊びに連れ出した馴染み客の仕業ではないかと疑われた。

が、その日、桃太郎を船遊びに連れ出した客など何処にもいなかった。

それに、通常屋根船には船宿の屋号が刻まれている筈だが、どこにも刻印はなく、持ち主は不明であった。

そのため、彼女が姿を消す前夜の座敷に彼女を呼んだ商家の主人が最も疑われて番屋に連行され、厳しく詰問された。もとより主人は犯行を認めず、なんの証拠もなかったため、やがて放免となった。

二人目の娘の死体が見つかったのが、そのひと月後のことである。

桃太郎のときと同じく、持ち主不明の屋根船の中で、真っ赤な根掛で首を絞められていた。殺されたのは、お園という商家の娘であった。年齢は、半玉から一人前の芸妓になったばかりの十九の桃太郎よりも更に若く、十七。習い事のとき以外は一人で家の外に出たこともないという箱入り娘で、親しくしている男などは勿論いなかった。

当然下手人の目星などつかず、お園がどうやって家から連れ出されたのか、皆目見当もつかなかった。

だが、この時点ではまだ、お園の件を桃太郎の件と結びつけて考える者はいなかった。

三郎兵衛とてそれは同じであった。

ところが、それから半年ほどして、またしても、持ち主不明の屋根船の中で、三人目の死体が発見された。

今度は旗本屋敷に奉公する貧乏御家人(ごけにん)の娘だった。

「二度あることは三度あるというが……」

三郎兵衛はさすがに考えずにはいられなかった。

「芸者に商家の娘に御殿女中……若い娘ばかりが半年あまりのあいだに三人も。何故だ？　こんな殺しは、しょっ中あることなのか？」

考え倦(あぐ)ねて、与力の加賀見源右衛門に訊ねた。

「さあ……かれこれ二十年余りも奉行所の与力を勤めてまいりましたが、斯様(かよう)な殺しははじめてのことでございます」

「同じ下手人の仕業と思うか？」

「下手人の見当が皆目つきませぬ以上、そういう可能性もあるかと存じます」

「では、下手人の目的はなんだ？　人に恨みを買っていたとも思われぬ若い娘たちが殺されねばならぬ理由とはなんなのだ？」

「わかりません」

苦渋に満ちた顔つきで加賀見は応えた。

そして、同じ言葉を繰り返すばかりだった。

「斯様な殺しは……それがしもはじめてでございますれば……」

「そちも、はじめてか？」

「は、はい」

「そうか。そちもはじめてか……」

三郎兵衛は長嘆息するしかなかった。

その後、三郎兵衛と加賀見は心血を注いで探索を行ったが、結局下手人を捕らえることはかなわなかった。

せめてもの救いは、その後四人目の娘の死体が発見されることはなく、屋根船の殺しが三人で終えたことだ。

なんの手懸かりもないままに月日が過ぎ、次から次へと起こる事件が、いつしか三郎兵衛にそのことを忘れさせていった。

市中では、それこそ無数の事件が発生する。それらのすべてを解決することも下手人をあげることも、土台無理な相談なのだ。

しかし、若い娘ばかりが無惨に殺されたという異常さは、下手人をあげられなかった無念とともに三郎兵衛の記憶の底にしっかりと刻まれた。

それ故、元文二年と聞いただけで、忽(たちま)ちそのことを思い出したのだ。

但し、先夜屋根船で洲崎弁天に向かったのは、特になにか思惑があってのことではなく、ただの気まぐれである。深川芸妓・染吉の危機を救うことができたのも、ただの偶然に過ぎない。

「許せねえな」

三郎兵衛の話を聞き終えた勘九郎は開口一番怒りを露わにした。

「手がかりは……手がかりはなんにもなかったのかよ？」

勘九郎の問いに、三郎兵衛は無言で首を振る。その表情は無に近く、勘九郎の怒りは自然と鎮まる。

「それで、祖父さんも、三年前の下手人と今度の殺しの下手人が同じ奴だと思ってるのか？」

「さあ……儂にはわからんな」

「だって、そう思ったから、あの日、船を出したんじゃないのか」

「別にそんなつもりはない」

「じゃあ、なんのつもりだよ？」

「五月蠅い奴だな。……それほど暇を持て余しておるなら、道場なり学問所なりへ行け。余計なことに首を突っ込むな」

「余計なことじゃねえだろうが。三年前と同じ手口で、また一人殺されたんだろ」

「だからといって、儂はもう町奉行ではないのだ。なんの口出しも手出しもできぬ」

「なんにもできねえってこたあねえだろうが」

勘九郎は執拗に食い下がった。

「だが、実際にそうなのだから仕方あるまい。元文二年の殺しの際には、儂はこの目で娘たちの死体も死体が置かれた船の中も見た。だが、此度は加賀見の話を聞いただけだ。現場を見てもおらぬのに、同じ下手人の仕業かどうか、わかるわけがなかろう」

「現場を見た加賀見さんは、同じ下手人の仕業じゃねえかと思ったから、祖父さんに相談に来たんじゃねえか」

「加賀見がどう思ったかは知らぬが、儂は儂の耳目しか信じぬ」

勘九郎が口を噤んだのは祖父の言葉をもっともだと思ったからだが、三郎兵衛はその短い沈黙の瞬間ふと目をあげて天井を睨んだ。

いつもと、寸分違わぬ節目のあたりだ。

「桐野、そこにおるのか？」

「はい」

低く短い返事があった。

「え、桐野？」

勘九郎は目を瞬いてそちらを見遣るが、どうやら腑に落ちぬようだった。勘九郎の知っている桐野の気配が全くしない。桐野の低い声もよく聞こえていない。

「そこに、いるの？」

「何か用か？」

勘九郎の反応には構わず、一方的に三郎兵衛は問いかけた。桐野もまた、勘九郎の問いかけには一切答えない。三郎兵衛に向かって淡々と用件を述べるだけだ。

「はい。数日前より、御当家の周囲に、伊賀者と思しき忍びの目が光っております。一応お耳に入れておきます」

「………」

「なに？　何れの手の者だ？」

「それはまだわかりませぬが。……何分隙のない連中で、片時もお屋敷の側を離れませぬ」

「なんだと？　尾張屋の件が片付いたいま、四六時中伊賀者に見張られる覚えはないぞ」

　少しく苛立った声を発する三郎兵衛に対して、桐野はあくまで冷静だった。

「先日御当家に参られた南町の与力の方――」

「加賀見のことか？」

「おそらく伊賀者は、加賀見様のあとを尾行けてきたものと思われます」

「なに、加賀見を？」

「はい」

「益々わからん。何故加賀見が伊賀者に尾行けまわされねばならんのだ」

「それはまだわかりませぬ」

「加賀見が、命を狙われているわけではないのだな？」

「はい、お命を狙うわけではなく、ただ監視しているだけのようでしたので、始末せずに様子を見ることにいたしました」

淡々とした桐野の口調は三郎兵衛の思考を一層混乱させたが、

「伊賀者が何故加賀見をつけまわすのか」

さあらぬていで、呟いた。

兎に角、桐野に対しては多少なりとも動揺した姿を見せたくはない。見せれば即ち負けなのだ。

「で、どうする、桐野？」

口調を改めて、問うた。

「こちらも根気よく見張り、交替の時を待ちます」

「交替するか？」

「さしもの伊賀者も、三日三晩飲まず食わずでおれば能力が衰えます。いざというときものの役にたたなくなります故、必ず交替いたします」

「そうか」

立て板に水の桐野の言葉に、三郎兵衛はただ納得するしかなかった。

「では、そのように——」

納得した三郎兵衛が言いかけるより前に、気配もさせず桐野は去った。

もとより、去った、と覚ったのは三郎兵衛だけであったが。

（あれから、ろくに姿も見せぬようになりおった）

三郎兵衛の胸中は苦いが、二人のやりとりを殆ど知らない勘九郎には未知の世界だ。

「え？　桐野、本当にいるの？」

三郎兵衛が視線を投げた天井の節目に向かって、

「桐野？　なんで最近姿見せねえんだよ。なあ、桐野？」

勘九郎は懸命に呼びかけた。

「もう、おらぬ」

忽ち色めきだってはしゃぎ声をあげる勘九郎に、三郎兵衛はにべもなく言い放つ。

「なんだ、いないのか」

勘九郎は目に見えて落胆した。

「最近、桐野の気配が全然わかんないんだよなぁ。やっぱり、本気出した桐野は桁違いだなぁ」

落胆しつつも、勘九郎は本気で感心していた。

そんな勘九郎の様子を内心不憫に思いつつも、だが三郎兵衛は、

「それは、お前が桐野に対して心を開きすぎたからだ」

という言葉だけは、決して口にしなかった。

三郎兵衛を苦しめた尾張屋一味を捕縛してからというもの、桐野は明らかに三郎兵衛らと距離をおくようになった。

桐野は桐野で、松波家の者とのつきあい方を見直したのかもしれない。或いは、己の本来の役目を改めて思い出したとも言えるだろう。わざわざ口に出さずとも、三郎兵衛は察したが、どうやら勘九郎は露ほども察しておらず、桐野に避けられているとは夢にも思わぬらしい。

(勘がよいのか悪いのか、さっぱりわからぬ豎子じゃのう)

内心面白がりながらも、一抹不憫に思わぬでもなかった。

三

「ございますよ」

書面から顔をあげずに、稲生正武(いのうまさたけ)はあっさり頷いた。

「え？」

火鉢をかきまわす三郎兵衛の手がつと止まる。

当然当惑した。予想していた返答と違っていたからに相違ない。

「常陸額田藩はございます」

三郎兵衛の予期せぬ返答は更に続く。

「あ、あるのか？」

「はい。水戸様の御家門ですな」

「なに、水戸様の――」

稲生正武の言葉を聞くなり、三郎兵衛は顔色を変え、五体は忽ち凍りついた。御家門とは即ち分家、藩主の兄弟にほかならない。

では、贋大名と決めつけて鉄槌を下した屋根船の男は、本物の大名だったのか。

「それはまことか、次左衛門？」

「それがしが、何故松波様に嘘を吐く必要がございますか」

「…………」

「そういえば――」

「なんだ？」

乗り出し気味に問い返す三郎兵衛の目を全く見ずに、

「元禄十三年、五代様がときの水戸藩御領主・綱条公をご訪問の折、額田藩は幕府より二万石のご加増があり、新たな封地へ移られました。そのとき、御先代頼元公が水戸藩より授かっていた二万石は、宗家水戸藩に返還されたのでございました」

さも、いま思い出したようなていで稲生正武は述べた。

「何故加増されたのだ？」

「さあ……何故と言われましても、五代様は気まぐれなお方でしたから、なにか余程嬉しいことでもおありだったのでしょうか」

「…………」

三郎兵衛は一旦考え込んでから、

「なれど、新たなる封地を賜ったから、旧領は宗家に返還されたとはどういうことだ？」

注意深く問うてみる。

「しかとはわかりかねまするが、そもそもご加増自体が、はじめからご宗家への返還を見越してのことだったのやもございませぬ」

「つまり加増ではなく、転封だな」

「いいえ」

と稲生正武は首を振り、三郎兵衛の理解を超えた話をなお続ける。

「頼貞(よりさだ)公は、新たに封地を授かり、さらに水戸様に二万石を返還されたのですから、結果的にはご加増でございます」

「それで、頼貞公の新封国とは何処だ？」

「陸奥田村郡でございます」

「陸奥田村郡？　水戸様の御家門を、何故そんなところに転封したのだ？」

「…………」

「そもそも、何故そんなまわりくどいことをする必要がある？」

「これは政治でございます、松波様」

「政治？」

「綱条公が藩主となられてから、水戸家の財政難はひどくなる一方で、御家の存続すら危ぶまれたのでございます。幕府としては、なにかしら援助すべきではあるものの、五代様と、水戸家二代御当主光圀公の不仲は世間にも知られるとおり。代替わりしたとて、水戸家に対する五代様のご不快に変わりはございませぬ。そこで、陸奥田村郡の守山藩二万石でございます」

「要するに、いやがらせというわけか？」

三郎兵衛も漸く合点がゆく。

「そういう言い方をしては身も蓋もございませぬ」

「だが、実際にそうであろう。二万石加増すると言いながら、実際にはなんの役にもたたぬ他領に移封だ。水戸家の実高は全く増えておらんではないか」

「穀潰しの御家門が遠くに去っただけでも、有り難いと思うていただかねば」

「貴様こそ、身も蓋もないことを言うではないか」

稲生正武の憎々しげな言い草に、三郎兵衛はさすがに苦笑するが、稲生正武は一向悪びれない。

「それに、代々の藩主は封国に赴くこともなく、終生江戸住まいを許された上、封国からの収益はしっかり入ってくるのでございます」

「そんなもの、大方地元の悪代官がごっそり着服しているに決まっておるわ」

三郎兵衛も堪えきれずに憎まれ口をきき、

「ともかく、頼貞公が陸奥守山藩に転封された時点で常陸額田藩は廃されておるのだな」

三郎兵衛は稲生正武に念を押した。そして、

(矢張り騙り野郎だ)

一刻も早く確信したいのに、稲生正武は何故か急に口ごもる。

「それはそうなのですが……」

「なんだ？　煮え切らぬのう」

「封国の移転により、無論額田は廃藩でございます」

「つまり、額田藩はもう存在しないのだな？」

「藩は、存在しませぬ」

「なんだ。含みのある言い方だな」

「藩は存在しませぬが、残った陣屋に、一門の廃(くさ)れ分家が住み着いているのでございます」

　眉を顰(ひそ)めて稲生正武は言う。

「なんだと？」

「御三家の御家門ともなれば、その数は、他の大名家の比ではございませぬ」

「だからなんだ？」

「なれど、御神君のお血筋である以上、無下(むげ)にはできませぬ」

「ええい、勿体をつけずに早う申せ。陣屋に住み着いた廃れ分家はどうなったのだ？」

「いまなお、住み続けております」

「そんなことがまかり通るのか？」

「たかが、空き家に、その親族の者が住み着いた程度のこと。幕府としては、黙認することに相成りました」

「で、陣屋に居座っているのは誰なのだ？」

「頼貞公の弟君でございます」

「いまもか？」

「おそらく」

「だが、陣屋に住み着いているからといって大名というわけではない。ただ、陣屋の住人というだけだ。なんの権限もあるまい」

「確かに、権限はございませぬ」

「権限がなければそれでよい。額田藩はもうどこにも存在せぬ」

それさえわかれば、なにも問題はない。

「では、儂はそろそろ帰るとするか――」

三郎兵衛が腰を上げ、そそくさと火鉢の前を離れようとしたとき、

「お待ちください、松波様」

稲生正武がすかさず呼び止めた。

「なんだ？」

恰も詰問するかのようなその語気に、三郎兵衛は忽ち鼻白む。

「額田藩のことを、何処で耳になされました？」

「え？」

「いまはもう存在せぬ水戸家の御家門のことを、どうして貴方様がお知りになったか、お尋ねしているのでございます」

「それは……」

三郎兵衛は口ごもった。

なまじ丁寧な言葉つきだから、真綿で首を絞められる息苦しさがある。元々陰険な男だったが、いつの頃からか、三郎兵衛でもゾッとするような凄味をみせはじめた。

「儂とて、御三家の水戸様の御家門くらい知っておるぞ。これでも大目付の端くれだからな」

三郎兵衛はむきになって言い張ったが、

「そんなはずはございませぬ」

稲生正武はあっさり断言した。

「或いは、額田藩を名乗る者と何処かで出会し、ひと悶着あったのではございませぬか？」

「…………」

ズバッと斬り込まれて、三郎兵衛は気まずげに口を閉ざした。稲生正武の追及が思いの外早過ぎて、上手い言い訳が追いつかない。

「矢張り、なにかありましたな」

「たいしたことではない！」

執拗な詰問口調に腹を立て、思わず口走ってしまったのは、明らかに三郎兵衛の失策であった。「なにもない」ではなく、「たいしたことではない」と口走ったことで、なにかあったのは認めたことになる。

（こやつ……）

臍を噛んでも、あとの祭りだ。

「松波様が、額田藩の名を口になされたときから、なにかあったことはわかっておりましたよ。松波様が、なにもなくて、額田藩という名をご存知なわけがございませぬ」

だが稲生正武は、追いつめた獣に、すぐさまとどめを刺そうとはしなかった。

「なにがあったかを、それがしなりに思案しておりました」

口辺に淡い笑みさえ滲ませて稲生正武は言う。

最早俎板の鯉でしかない三郎兵衛に、言い逃れる術はなかった。

（こやつ、ひとを嬲りおって……）

内心の怒りと動揺をひた隠しつつ、三郎兵衛は押し黙っているしかない。

だが、三郎兵衛の反応がどうであろうと、稲生正武の追及がやむことはなかった。

「一体なにがございました？」

「出会うたのよ」

開き直って、三郎兵衛は答えた。

さすがに飽きてきた。稲生正武との退屈な問答にも、気まずく口を噤んでいることにも。

「え？」

稲生正武は少しく狼狽える。

開き直った三郎兵衛は当然手強い。

「額田藩藩主を名乗る男が、町場で乱暴狼藉を働いているところに、たまたま出会したのだ。大名風をふかせおって、そりゃあひどいものだった。……そんな者を見かけた儂がなにをするか、そちならお見通しであろうが」

「ま…さか、ご成敗なさいましたか？」

稲生正武の顔が忽ち青ざめる。

まさに、攻守が逆転する瞬間であった。

「よ…よもや、殺してはおられませぬな？」

恐る恐る、稲生正武家は問うた。

「わからんな」

「え？」

「さんざんに打擲して立ち去ったのだ。あとのことは知らぬ。……あれほど打擲すれば、或いは死んだやもしれぬなぁ」

「松波様……」

稲生正武は茫然と三郎兵衛の顔に見入った。

己が問い詰めて言わせたくせに、開き直った三郎兵衛の言葉に、容易く狼狽えた。三郎兵衛ならばやりかねない、と思ったからだろうが、このとき三郎兵衛には忽ち閃くものがある。

「なんだ、次左衛門、文句があるか？」

「…………」

稲生正武は答えられなかった。

文句があるかと聞かれれば、もとより山ほどの文句はあるが、それを口にしているどころではない。

「よもやその者に、ご身分や素性を知られたりしておられますまいな、松波様？」

「なにを狼狽えておる、次左衛門」

三郎兵衛の口辺には、うっすら笑みが滲んでいる。

「………」

「妙な話ではないか、次左衛門。額田藩が廃されたのは四十年も前のことだ。陣屋に住んで藩主面(づら)をしている者がいたとしても、その者は大名ではないから参勤の義務もない。何故今時分江戸におるのだ？」

「松波様が鉄槌を下されたのは、おそらくただの騙り者でございましょう」

「ではその騙り者に、何故儂の身分や素性が知られるとまずいのだ？」

「別に、まずいとは申しておりませぬ」

「まずいから、そのように狼狽えておるのであろうが」

「それがしは……別に狼狽えてなどおりませぬ」

「貴様、一体何を隠しておる？」

それ以上の駆け引きは無用と判断し、三郎兵衛は率直に問い返した。

「言いたくなければ言わずともよいぞ。こちらでちょいと調べればすむことだ」

「松波様！」

「なんだ？　儂に知られるのがそれほどいやか？」

「松波様は……目立ちすぎます」

遂に城の本丸が陥落したかの如く稲生正武は呟き、ガックリと項垂(うなだ)れた。

だが、それから彼が重い口を開くまで、さほどの時は要さなかった。

四

やっと重い口を開いた稲生正武の話は、三郎兵衛を甚(はなは)だ呆れさせた。

（ったく、なにを考えておるのだ）

呆れると同時に激しく憤(いきどお)った。

元禄十三年、陸奥守山に移封された松平(まつだいら)頼貞の弟とやらは、あろうことか、陣屋に居座っただけでなく、兄と同様、大名に取り立てて欲しいという分不相応な願いを抱いている、という。

「できるわけがないではないか」

「ところが、石高など形ばかりでよいから、なんとかしてもらえぬかと、老中や若年寄に片っ端から賄賂をばらまいておりまして……」

「貴様も受け取ったのか？」

「受け取りませぬ！」

稲生正武は瞬時に否定したが、

（受け取ったな）

三郎兵衛は確信していた。但し、それについては概ね目をつぶることにしている。

稲生正武がときに大名からの賄賂を受け取るのは、彼なりの理由があってのことで、決して私腹を肥やそうとはしていない。

（私的に抱えている大勢の伊賀者を養うのも大変そうだしな）

大抵の場合、賄賂をばらまくような大名は裏で後ろめたい悪事を働いていて、それを大目に見てもらおうという魂胆だから、何れ悪事の証拠を揃えてなんらかの処分を下すことになる。

その点、稲生正武の匙加減は絶妙であり、いきなり取り潰して家臣とその家族を路頭に迷わせることなく、減封、国替えなどによって相応の対価を払わせるようにしている。

「それにしても、そやつは何故それほど金まわりがよいのだ？　貧窮した水戸家の廃れ親族ではないのか？」

「それが謎なのでございます。ただいま調べさせている最中ではありますが、どうやら、《東雲屋（しののめや）》という大奥（おおおく）出入りの商人と結びついているようでして……」

「常陸の廃れ陣屋に居座っているような奴が、如何にして江戸の御用商人と結びついたのだ？」

「頼近（よりちか）殿は……頼貞公の弟君であらせられますが——そもそも江戸のお育ちらしゅうございます」

「ちょっと待て、次左衛門。水戸家御先々代の綱条公は、かの光圀公の養子であろう。確か、兄の子を養子に迎える代わりに、己の子は兄の養子に出したのだったな。頼貞公とその弟君は一体誰の子だ？」

「頼貞公は、額田藩の初代藩主・頼元公のお子でございます」

「頼元公？」

「頼元公は、光圀公の弟君であられます。また、頼近殿は母上の身分が低く、正式な御側室とは認められていなかったようでございます」

「子を産んでいるのに側室と認めぬとはどういうことだ？」

「元々は、頼貞公のご生母——もとよりご正室ではございませぬが、そのお方の侍女にお手がついたようでして……それまでご寵愛を恣にされていたご側室の嫉妬が凄まじく、頼元公のお手がついてすぐ、その侍女は江戸屋敷を追われ、町屋にて出産されたそうでございます」

（相変わらず、詳しいのう）

内心大いに感心していることなど微塵も気取らせず、

「しかし、側室の侍女に手をつけるのは水戸家のお家芸かのう。確か、光圀公のご出生も似たようなものではなかったか？」

ぞんざいな口調で三郎兵衛は言い返した。

「御大身には御大身のご事情がおありなのでしょう」

稲生正武はさあらぬていで受け流すと、

「まあ、そんな経緯から、頼元公のご生前には親子の対面もかなわなかったのでございますが、のちにそのことを知った頼貞公が弟君を不憫に思われ、お側に呼び寄せたのでございます」

更に流暢な口調でつらつらと述べる。

「どうせそやつは、江戸で破落戸のような暮らしをしていたのであろう。頼貞公も余計なことをしたものよのう」

「…………」

稲生正武がそのとき一瞬言葉を呑み込んだのは、三郎兵衛の言葉に無意識に同意したためだ。

三郎兵衛にも、それは充分伝わった。

「それで、そいつと東雲屋との繋がりは？　大奥御用達の大商人が、なんのうま味もなくそいつに肩入れするわけがない。仮に、幕府に額田藩を認めさせたところで、そんな貧乏大名になんの価値がある？」

「大奥御用達と言っても、近頃大奥は厳しい倹約続きで、さほど儲けがあるとも思われませぬ。新しい儲け口が必要なのでしょう」

「額田藩はもっと儲からんだろう」

「小なりといえども、額田藩は水戸様の御家門。御三家の一つでございます」

「おいおい、水戸家の財政難はいまなお続いているのであろうが。そんな泥船と誼を通じてなんの得があるというんだ？」

「口をお慎みくだされ、松波様。腐っても、御三家でございますぞ」

不意に顔つきを改め、やや強めの口調で言ってから、

「これは、あくまで仮定の話でございますが、今は廃されているとはいえ額田藩を足がかりに、或いは水戸家を狙っているとも考えられまする」

大真面目な表情で稲生正武は言った。

「水戸家を？」

「御宗家の、御家門の端に連なることの意味をお考えくださいませ。……もし仮に、御宗家のお世継ぎが途絶え、他の御家門も一人残らずお亡くなりになったとしたら、どうなります？」

「そんなことがある筈はなかろう」

「ある筈がないということは、ないのでございます、松波様」

何処かで聞いたような言葉を稲生正武は吐き、ゆっくりと三郎兵衛の目を見据える。

「一介の商人が、本気で将軍家暗殺を企み、幕府の転覆というだいそれた望みを抱くのですから、あり得ぬ話ではございませぬ」

「それは……」

稲生正武の迫力に気圧(けお)され、三郎兵衛は口ごもった。

尾張屋の一件は、当事者たちが捕縛された後も各方面に影響を及ぼし、稲生正武もその沈静に少なからず協力してくれた。それ故、稲生正武の言い分を、頭ごなしに否定しきれぬものがある。

「そうしたことからも、まだこちらも内偵の途中でありますれば、大目付が密かに動いていると知られるわけにはゆかぬのでございます。おわかりいただけましたか、松波様」

稲生正武が長々と語った本当の目的を知り、三郎兵衛は些か落胆すると同時に、甚だ呆れた。

要するに、三郎兵衛は釘を刺されたのだ。

もし万一、この先額田藩主を名乗る者が、目の前で乱暴狼藉に及ぶところへ出会しても、素性を知られるような行いは慎むように、と。

(次左衛門め。近頃益々食えなくなってきた)

沸々と湧き上がる怒りを堪えながら、三郎兵衛は無意識に足を速めた。

神田橋御門を出てから、所在なく外堀に沿って歩いていた。

御門を出てすぐ、尾行者に気づいた。その数が、一人や二人でないことも承知している。承知の上で、半刻あまり歩いた。

殺気が感じられないから、屋敷まで伴ってもかまわない気もするが、気になるのはその人数だ。十人以上ではなく、五人以下でもない。

（六、七人といったところか？）

微妙で中途半端な人数だった。少なくともその倍の人数は必要だ。ただあとを尾行けるだけなら、一人で充分である。

（そういえば、伊賀者に見張られているのだったな）

ふと思い返すが、いま三郎兵衛を尾行けているのは、どうやら伊賀者ではない。伊賀者ならば、気づかれぬようもう少し上手く尾行するだろう。或いは、全く気づかないかもしれない。

（ならば、殺すには値せぬか）

と判断し、一途に足を速めたのだった。

三郎兵衛の歩みが年齢不相応に速過ぎることに、尾行者たちはかなり焦ったようだ。足音が響いて三郎兵衛の耳に届くのもかまわず、慌てて走り出した。

（素人だな）

確信したとき、

「お察しのとおりでございます」

耳許に低く囁かれた。

深めの編み笠に細身の革袴という武芸者姿の桐野が、例によって三郎兵衛のすぐ後ろにいる。三郎兵衛の歩く速さにも、ごく自然に歩調を合わせていた。

「あの者らは、金で雇われた浪人者で、目的は御前の行く先――つまり、お屋敷の場所を探り当てることでございます」

「雇い主は？」

「紋服を着た身分の高そうな武士――おそらく、大名か旗本の用人ではないかと」

「どういうことだ？」

「その武士は、ここ数日のあいだにお城の外で御前のお姿を見かけ、急いで人を雇ったものと思われます」

「何故己で尾行けずに、わざわざ人を雇うのだ？」

「万一尾行が露見した際のことを危惧しているのではないかと――」

「ふん」

面白くもなさそうに鼻を鳴らしてから、三郎兵衛は確認した。

「つまり、こういうことか。儂の顔に見覚えのある大名か旗本の用人が、儂の素性を探るため、役にもたたぬ素浪人を雇い、儂のあとを尾行けさせている、というわけだな」

「で、どうすればよい？　このまま撒くか？」

「はい。既に撒きかけておりますれば、御前はこのまま遠回りをしてお帰りください」

「お前は？」

「撒かれたあやつらが再び雇い主に会うのを待ち、雇い主の素性を確かめます」

「頼む」

三郎兵衛が囁くのを待ったか待たぬか。

音もなく桐野は去り、更に足を速めた三郎兵衛は、背後に全く気配を感じなくなってからもなお廣小路まで足を延ばし、念のため郡代屋敷のまわりを一周してから帰途についた。

桐野が戻ったのは、その深夜のことである。

正確には、九ツ過ぎだ。

「お前にしては、随分かかったな」

つい口をついた言葉は、いまにも寝入ろうとしていたその枕元に立たれたことへの抗議ではない。外堀沿いで桐野と別れたのが七ツ頃。平素の桐野の能力を考えれば、五ツかそこらで戻ってくるものと思い込んでいたのだ。

「申し訳ございませぬ」

先ず言い訳せずに詫びてから、

「突き止めた先が、西の丸若年寄の職にあるお方の江戸屋敷でありました故、つい慎重になりました」

桐野は改めて、さらりと言い訳をした。

枕元に腰を落とし、顔も伏せているから表情はわからないが、どうせ無表情だろう。

「若年寄だと？」

だが三郎兵衛には、桐野の言い訳よりも、さらりと口にされたその言葉のほうが百倍気になる。

「誰だ？」

聞くなり思わず、床の上に身を起こして問うた。

「丹波園部藩主の、小出英貞様にございます」

「丹波園部藩？……知らぬなぁ」

「外様でございます」

「なに？　外様が何故若年寄に？」

「例外はございます」

少しく上向けられた桐野の白い貌には、殆どなんの感情も見られない。

「だが、見ず知らずの若年寄が、何故儂の素性を知りたがるのだ？」

「それを調べるために、園部藩の上屋敷に入ろうといたしましたが……」

桐野は気まずげに口ごもった。

「どうした？」

「上屋敷は、大勢の伊賀者に護られておりました」

若年寄のような要職にあるあいだは、参勤と関係なく、藩主は江戸に在府する。上屋敷は藩主とその正室、世嗣らの住居でもあるから、警護が厳重になるのは当然だが、伊賀者に護らせているというのは些か度が過ぎるのではないか。

「その伊賀者というのは、当家を見張っているのと同じ伊賀者か」

「さあ、そこまではわかりかねますが……」

「わからぬのか？」

三郎兵衛は当然不審に思って問い返す。

「伊賀者一人一人の顔と名を見知っているわけではございませぬので、同じかどうかはわかりかねます」

「………」

三郎兵衛は絶句するしかなかった。桐野の言うことは全くもってそのとおりだが、その言い草は身も蓋もない。

「ったく、なにがどうなっておるのだ」

まるで桐野から厳しい叱責をうけたような心地がして、三郎兵衛は苛立った。

「園部藩主の小出英貞とは一体何者なのだ？」

更に、そのわけのわからなさが、一層三郎兵衛を苛立たせる。

「そもそも、外様でありながら、何故若年寄の座にある？」

思いつく限りの疑問を投げかけてみるが、桐野からの返答はなかった。

「………」

黙って俯いた白い面（おもて）には、一見毛筋ほどの変化もない。

「なにかわかり次第、ご報告いたします」

だが、無表情と思える仄白い小面（こおもて）にも、一抹の焦りが見てとれると、三郎兵衛は何故か安堵した。

桐野も同様に焦っているのであれば、決して三郎兵衛の負けではない。

第二章　不審な若年寄

一

元和五年。

もともと但馬出石の藩主であった小出吉親が移封されたのが、丹波園部藩のはじまりである。

小出氏は豊臣家の古い家臣で、出石藩の藩祖である小出秀政は、秀吉と同郷であることから重用され、秀頼の傅役の一人でもあった。のちに豊臣姓を賜ったほどの重臣であり、関ヶ原では当然西軍に与した。

しかし、秀政の次男・秀家のみが東軍に属して戦功をあげた。

そのおかげで、小出家は許され、所領も安堵された。

天下分け目の戦に際して判断に困った小大名家が用いた常套手段である。この手を使って、豊臣方のいくつもの大名が生き延びた。

とはいえ、徳川家にとって外様は外様だ。

外様は通常幕府の要職には就けないが、桐野の言うとおり、例外はある。

小出家の当代当主の英貞は、松平頼純の娘を正室にしていた。

松平頼純は、紀州藩の藩祖・徳川頼宣の三男で、吉宗にとっては叔父にあたる。

つまり英貞は吉宗の従妹を正室にしていることになる。御家門とまではいかないが、親族には違いない。

故に英貞は、奏者番、寺社奉行を兼任し、享保十七年からは西の丸若年寄を務めていた。

(上様の御親戚ならば仕方あるまい)

三郎兵衛は一応そのことに納得したが、それ以外のことは何一つ解決していない。

若年寄の職務は老中の補佐とされるが、実際に政務を執る老中に代わって大名・旗本を統括する立場にあるため、大名の不正を監視するのが職務である大目付とは職域が微妙にかぶる。

日頃から、顔を合わせる機会は殆どなく、互いに、あまり快い感情も抱いてはいない。それでなくても大名と旗本は、平素から仲が悪い。

（若年寄から目を付けられたなどと知れたら、次左衛門になんと言われるか）

考えただけでも頭が痛かった。

但し、英貞の人柄は極めて温厚で、伝え聞く評判も悪くない。

西の丸若年寄の務めは、いわば世嗣の相談役のようなもので、親戚筋の者が任命されることが多い。

小出家の上屋敷は、表神保小路と雉子橋通りが交差する辻のあたりにあり、堀に面している。当然両隣も、大名家の上屋敷である。

伊賀者を大勢雇い入れて護らせねばならぬほど治安は悪くなく、寧ろ雉子橋御門内の御番屋が近いため、極めて安全だ。大名屋敷でなにかあれば、すぐに徒衆がすっ飛んでくる。ものの役にたつかどうかはわからぬが。

「そもそも、二万石の外様が何故伊賀者などを雇うておるのだ」

「さあ……或いは、上様や御世嗣がお立ち寄りになられた際の用心とも考えられますが」

遠慮がちに桐野は述べたが、もとより納得できる答えではない。

「それこそ、お庭番がおるではないか」

「………」

指摘されると、桐野は気まずげに口を閉ざすしかなかった。

「その伊賀者が、何故当家を見張るのだ？　儂(わし)は、小出英貞とは一面識もないぞ」

「それは……」

桐野の煮え切らなさは、なにかを隠しているが故だということはわかる。

だが、なにを隠しているのかについては、見当もつかない。

「ああ、同じ伊賀者ではないとしても、伊賀者は伊賀者だろう。全く与(あずか)り知らぬ、ということはあるまい」

三郎兵衛の言葉を、桐野は黙殺した。

いや、実際には答えに窮しているだけなのだが、三郎兵衛は全く逆の意味に受け取った。

(桐野め、儂を軽んずるか)

思わずムッとしかけたところで、

「或いは、英貞公の与(あずか)り知らぬことなのかもしれませぬ」

桐野は漸(ようや)くその重い口を開いた。

「なに？」

しかし、苦しまぎれに口走ったにしては意外すぎる桐野の言葉に、三郎兵衛はしばし絶句した。

「そなた、本気で言っておるのか？」

「はい」

「英貞公でなければ、何処の誰が関わっておるというのだ？」

「すべては、江戸家老の岸田孫太夫が一人で企んだことかもしれませぬ。いえ、そう考えるほうが自然なのでございます」

「何故だ？」

「昨日与太者を金で雇って御前のあとを尾行けさせたのは岸田でございます。仮に、御前が思われるように加賀見殿のあとを尾行けていた伊賀者が、園部藩の上屋敷を警護している伊賀者と同じ伊賀者なのだといたしますれば、妙ではございませぬか」

「なるほど。同じ伊賀者であれば、既に当家を探り当てていることになるな。だとすれば、わざわざ素人を雇って儂を尾行けさせることはない」

「御意」

「どういうことだ？」

「なにか、途轍もない悪の匂いがいたします」

「……………」

桐野の大袈裟な言い様に、三郎兵衛は再び絶句した。しかる後、

「なんだ、その途轍もない悪というのは？」

少しく閉口し、少しく呆れた。

あまりにも、桐野らしからぬ言い草であった。

そもそも桐野は、不確かな憶測や大袈裟な喩えを口にする人間ではない。思いがけず口が滑るということも考えられない。とすれば、考えられる結論はただ一つ――。

（なにか余程言いにくい案件があり、それを誤魔化そうとしている）

ということだ。

「一体なにを隠している？」

「なにも――」

「その、途轍もない悪とやらの正体を、お前は知っているのだろう」

「……………」

「図星だな」

「この先は、下野守様に、お聞きくださいませ」

唐突に言い捨てて、桐野はそれきり姿を消した。瞬きする間の、一瞬のことだった。

「おい、桐野——」

残された三郎兵衛にとっては悪夢を見る心地である。

しばし茫然としたあとで、

（昨日も釘を刺されたばかりだぞ。聞けるわけがないではないか）

改めて途方に暮れることになった。

ここへきて、妙なことが度重なるのは、何処かの誰かが、明らかに己をつけ狙ってのことであると思わざるを得なかった。

「わざわざおいでになるとは、余程急ぎのご用ですかな」

ニコリともせずに稲生正武は言い、あからさまに迷惑そうな顔をした。

（こやつ——）

三郎兵衛は内心腹立たしくて仕方ない。

以前の稲生正武は、三郎兵衛に対して見え透いた愛想笑いくらいは見せたものだが、近頃ではこの仏頂面である。明らかに人が変わったとしか思えない。

（そういえばこやつ、少し前に毒を盛られて死にかけたことがあったな。人は、死ぬような目に遭うと、稀に人変わりすることがあるというが、おそらくそれだな）

そう思うと、遠慮しているのも馬鹿馬鹿しくなり、

「昨日の話、矢張りちゃんと聞いておこうと思うてな」

一か八かで切り出した。

「え？」

「とぼけるな。水戸様の御家門が、大名に取り立てられようとしてなにやら画策している、という話だ」

「それは……」

稲生正武は目に見えて狼狽した。

「なんだ。なにを慌てておる」

「別に慌ててなど……やや！　これは一大事！」

狼狽しつつも、だが稲生正武は不意に顔色を変え、大きく目を見張る。

「松波様に茶菓など出すとは、なんと気の利かぬ家人どもよ。……ただいま酒肴を持たせますほどに、しばしお待ちくだされ。……おーい、誰かいないかっ、おーいッ」

「別に茶菓でかまわんぞ。そちの屋敷で酒をたかろうなどと思うておらぬわ」

「いえ、それではそれがしの気がすみませぬ。おーい、誰かぁーッ」

「やめろ、次左衛門ッ」

必死の形相で人を呼ぼうとする稲生正武を、三郎兵衛は一喝した。

「見えすいた猿芝居は見苦しいぞッ」

「松波様」

稲生正武の面上に本物の狼狽が過ぎる。

「貴様、一体なにを誤魔化そうとしておる」

「それがしは、な、なにも、誤魔化そうなどとは……」

「酒でも飲ませて適当に煽(おだ)てれば、儂が黙って帰るとでも思うておるのかッ！」

「も、申し訳ございませぬッ」

三郎兵衛が更に声を荒らげると、稲生正武は反射的に体を縮こめた。

げに、意識の底に根強く残った記憶とはそら恐ろしい。生死の境をさ迷ったことで多少人変わりはしても、長い時を経て身についた姑息(こそく)な性根は、三郎兵衛の嚇(おど)しに忽(たちま)ち屈する。

三郎兵衛にとってはお馴染みの稲生正武の姿に少しく満足しつつ、

「貴様、一体なにを企(たくら)んでおる？」

更に厳しい語調で問いかけた。

「た、企むなどと、人聞きの悪い。それがしはなにも……」

「だが、そのとおりであろう。儂に隠れてなにをこそこそと画策しておるのだッ」

「…………」

震えを堪えて表情を引き締めつつ、稲生正武は気まずげに口を閉ざした。

その顔色から察するに、余程の謀(はかりごと)がありそうだった。

(これ以上脅して吐かせるのは無理か)

しばし思案してから、

「ところで、園部藩の小出英貞のことだがな」

三郎兵衛は不意に話題を変えた。

「え?」

稲生正武は再び顔色を変える。

もとより三郎兵衛はそれを見逃さない。

「西の丸若年寄の小出信濃守(しなののかみ)様がなにか?」

問い返したときにはしっかり取り繕(つくろ)い、隙のない表情に戻った稲生正武を、だが三郎兵衛は決して逃がさない。

「ああ、その西の丸若年寄だが、上屋敷に大勢の伊賀者を抱えておるぞ」

「そ…れは……」

案の定、稲生正武の顔色はさほど変わらなかった。すべて承知の上のことなのだろう。

「なんのために伊賀者など雇い入れる必要がある？　おかしいではないか」

「屋敷の…警護のためでございましょう。なにもおかしなことはございませぬ」

「そうかな？　園部藩の上屋敷の近くには雉子橋御門の御番屋もある。護りは充分だ。伊賀者まで雇う必要があるのかな？」

「そ、それは……小出殿は上様のご親戚筋でもあり、上様やお世継ぎ様がお立ち寄りになられることもあります故、より厳重に……」

「上様やお世継ぎ様がお出ましならば、いよいよ伊賀者の必要はあるまい。お庭番の邪魔になるではないか」

「…………」

「謀叛だな」

「ち、違いますッ」

「これは謀叛だ。間違いない」

「違いますッ」

稲生正武は重ねて否定する。

「それは……それがしとて、伊賀者を大勢雇っております。伊賀者を雇うたくらいで謀叛とは……」

「旗本と外様は違う。小出英貞は、上様のご親戚と雖も、所詮外様だ」

「お待ちください、松波様」

稲生正武は懸命に言い募った。

「小出様に二心などあろう筈が——」

「随分と庇うのだな」

「え?」

「疑り深い貴様にしては珍しいことだと思ってな」

「…………」

「おい、どうした? 顔色が悪いぞ、次左衛門。隠し事は体に悪いようだのう」

「わかりました」

三郎兵衛の執拗な追及に、稲生正武は遂に根負けした。

頭ごなしの叱責には堪えられても、執拗にジワジワと責め立てられるのはどうにも居心地が悪かった。しかも、容易なことで引き下がるような相手でないことは、身を

「何故貴様にわかる?」

以て熟知している。

「お話しいたしましょう」

根負けした形で、稲生正武は漸くその重い口を開いた。

「但し、他言は無用に願います」

「貴様、誰に向かってものを言っておるか！」

稲生正武の体が微かに震えた。荒武者の如き三郎兵衛の語気の烈しさに、本気で恐れを成したに相違なかった。

二

「旦那、落としましたよ」

不意に背後から声をかけられて、南町同心の中村武史郎は足を止めた。

「旦那のじゃありませんか？」

雑踏に向かって顔を向けると、人混みの中でも一際目立つ男――粋な藍弁慶を着流した五十がらみの強面の町人が、ニヤニヤしながら小さな象牙細工の根付けを差し出している。

「いや、俺のものではないが……」

犬にも鼠にも見える下手な細工の根付けとその男の顔を見比べて、中村武史郎は困惑した。

「ん？」

困惑しつつ、小首を傾げる。根付けに見覚えはないが、藍弁慶の強面町人の顔に、少しく見覚えがあった。

「え？」

しばし思案の後、中村武史郎はふと気づくと、

「なんだ、銀二ではないか」

忽ち安堵の表情になった。

以前、父の蔵人が使っていた密偵だ。

父は有能な同心で、何度も手柄をあげた筈だが、結局与力に出世することはなかった。与力の人数は厳しく決められていて、その席はすべて世襲の者たちで占められていたからだ。父が武史郎に定廻りの職を譲って隠居同然の臨時廻りに退いたとき、武史郎は父から銀二を引き継がなかった。

銀二を使っていくら手柄を立てても、結局父は与力になれなかったし、盗っ人あが

りだという銀二のことが、武史郎には少々気味悪くも思えたのだ。

「お久しゅうございます、武史郎様」

銀二は軽く頭を下げると、何食わぬ顔で武史郎に挨拶した。

「近頃全然姿を見せなかったじゃないか。一体何処でどうしてたんだ？」

「なにをおっしゃいます。盗っ人あがりの密偵の力など借りぬ、とあっしを袖になすったのは旦那のほうじゃありませんか」

「あのときはまだ、同心の勤めのなんたるかが全くわかっていなかった。要するに、物知らずのガキだったのだ」

と悪びれずに言う屈託のないその面上には、年齢相応の若々しさと僅かな疲れが窺えた。

至極普通の、町同心の顔つきだ。

「いまはおわかりになられましたか？」

「ん？」

「同心のお勤めのなんたるかが」

「ああ、わかったぞ。少なくとも、お前のように、裏を知り尽くした男の力が必要だということはよくわかった」

「それはまた……」

銀二は満面の笑みをみせて大仰に頷いてから、

「こりゃあ、恐れ入りました。武史郎様は、もうどこから見ても、立派なお町の旦那でございます」

更に大袈裟な口調で言い募る。

だが、見えすいたお世辞を手放しで喜べるほどには、既に武史郎は世間知らずの青二才ではない。父の跡を継いで数年、定廻り同心の苦労ならいやというほど重ねてきた。

「おいおい、俺は真面目な話をしてるんだぜ、銀二」

真顔で言い返すと、

「どうだ、銀二、暇にしてるなら、お上の御用に戻ってみねえか？」

中村武史郎は更に真顔になって銀二を見返した。

「それは……」

「俺みてえな青二才に使われるのはいやか？」

「まさか！　あっしごときが武史郎様のお役にたてるんでしたら、よろこんで！」

「まことか？」

「ええ、なにかご用があればいつでも言いつけてくださいまし、武史郎様」

「嬉しいぞ、銀二」

武史郎は、満面を喜びの笑みで染めた。

齢二十四。同心の勤めに慣れたといっても、まだまだ純な若者だ。海千山千の銀二を御することなどできるわけがない。

「それで、いまはどんな下手人を追ってるんです？　盗っ人ですか、それとも殺し？」

「殺しだ」

威勢のよい銀二の語気につり込まれ、易々と武史郎は答える。

「殺しですか？」

「それがな、ちょっと厄介な殺しなんだ」

「厄介な殺しって、どういうことなんで？」

銀二は、やや眉を顰めて問い返すだけでいい。

「ああ、若い娘が、屋根船の中で首を絞められてた。すぐに下手人の目星はついたんだが、生憎証拠が出なくてな」

「下手人の目星がついてるなら、そいつをちょいと締め上げて白状させればいい話じやねえんですかい？」

「それがな、与力の加賀見さんが、証拠もないのに責めてはならぬ、と仰せでな」

「そうですか、加賀見の旦那が……」

「ったく、加賀見さんもなにを考えておられるのか。貧乏役者なんざ、ちょっと責めたらすぐ白状するだろうに……」

「下手人てのは、貧乏役者なんですかい？」

「ああ、山城座の弥太郎とかいう、てんで売れてない役者だよ。……売れてねえくせに、ちゃっかり大店の娘に手ェ出してやがった」

「え？　するってえと、屋根船の中で首を絞められて殺されたのは、大店の娘さんなんですかい？」

「ああ、日本橋の油問屋《美濃屋》の一人娘だ。可哀想に、まだ十八だぞ」

「美濃屋さんの……そりゃあ、お気の毒に」

と銀二が眉を曇らせたのは、武史郎を籠絡するための芝居ではなく、本心であった。

無論銀二は、元文二年のその当時、南町奉行松波筑後守の密偵を務めている。

殺された娘たちはどの娘も、近所でも評判の器量好し、という一点のみが共通していた。この先の人生にどれほど楽しいことが待ち受けているかもわからぬ若い娘が無惨に殺されたといういやな一件は、銀二の胸にも暗い影を落としていた。

「加賀見の旦那は、なんだって、その役者野郎を責めるなと仰せなんです？……下手人は、そいつで決まりなんでしょう？」

「俺はそう思うけど……加賀見さんにはまた別のお考えがあるだろうし……」

銀二の誘い水にのらず、武史郎が慎重に応えたことに、誰よりも銀二が驚いていた。

（坊っちゃんも、そこそこ成長してるんだな）

内心感心しつつ、

「お奉行様も、加賀見様と同じお考えなんでしょうかね？」

注意深く銀二は問うた。

「お奉行様は、加賀見さんの言いなりだよ」

「そうなんですかい」

「ああ、いまのお奉行は所詮なんの覚悟もありゃしないんだよ。……ったく、前のお奉行様……松波様なら、こんなことにはなってないんだぜ」

「そうですか」

銀二は頷いたが、同意はしなかった。

多少は成長しているようだが、根っこの部分は矢張りなにも変わっていない。定廻りの同心が、誰が聞いているかわからぬ路上で、しかも銀二のような者を相手に奉行の悪口を言うなど、以て(もって)の外(ほか)であった。

(まあ、そう簡単に一人前になれるわけもねえわな)

心中密かに舌を出しながら、

「じゃあ、あっしは、別の線を少し当たってみましょうかね」

何食わぬ顔で銀二は申し出た。

「別の線とは?」

「先ずは、弥太郎の役者仲間でしょうかね。美濃屋のお嬢さんと弥太郎の仲はまわりも知ってたでしょうし、役者仲間の中には博奕(ばくち)の借金でも抱えてる奴もいた筈です。そんな奴にとっちゃ、役者遊びに目の色変えた大店のお嬢さんなんざ、いい金づるだと思ったはずです」

「それで?」

「そういう奴らが弥太郎に内緒で娘を拐(かどわ)かして、いざ娘に騒がれると怖じ気づいて殺しちまったのかもしれません」

「なるほど――」

「あたってみて、なにかわかったら、すぐお知らせしますよ」

「ああ、頼む」

中村武史郎は屈託のない笑顔で銀二と別れたが、見返す銀二の眼が全く笑っていないことに、全く気づいてはいなかった。


「どうだった？」

辻を折れたところで、すっかり待ちくたびれていた勘九郎が気の抜けたような声を出す。

「なにかわかった？」

「いいえ」

銀二は虚しく首を振った。

「加賀見様のお話以上のことは、まだなにも掴めてねえようです」

「まだ、なんにも？」

一瞬間信じ難い表情で銀二を見返してから、

「加賀見さんがうちへ来てから、何日経つ？　そのあいだ、なんにも掴めてねえってこたあねえだろ？」

勘九郎は忽ち激しい怒りを吐き出した。

「歴とした定廻りの同心が、なにやってんだよ。馬鹿なのかよッ」

「やる気がねえってわけでもないんでしょうけど……」

銀二は申し訳なさそうに口ごもる。

すまなそうな銀二の様子が、勘九郎の感情を一層波立たせる。銀二がそういう態度をとるのは、件の同心を庇ってのことだと思うと、勘九郎には面白くない。

「現に、なんにもわかってねえんだろ。やる気があるとは思えねえな」

「お父上は、立派な定廻りだったんですがねえ……」

「ふうん」

弱りきった銀二の様子を見て、勘九郎はそれ以上彼を責める言葉を吐いてもしょうがないと覚った。辛いのは銀二も同じなのだ。彼の性格からいって、昔世話になった男の息子を悪し様に言えるわけがない。

「それより若、あんとき船でとっちめた大名騙りなんですが——」

すると、銀二は銀二で、あからさまに話題を変えた。

「船？」

それで漸く、勘九郎も我に返る。

「船って、こないだの屋根船のこと？」

「ええ。あのあと、染吉姐さんがあの野郎から仕返しされるんじゃねえかと心配で、ちょいと調べてみたんですがね」

「そ、そうだよ！　あいつ、絶対姐さんになんかしただろッ」

勘九郎は忽ち顔色を変え、

「それで⁉」

銀二に詰め寄る。

「いえ、それはいまんところ、大丈夫みてえなんですが、あの野郎、御前のおっしゃるとおり、大名騙りのろくでなしで、札付きのワルらしいんですよ」

「札付き？」

「ええ、与太者同然の浪人を大勢引き連れちゃ、廣小路あたりで因縁つけたり、矢場女にからんで袖にされると、大暴れした挙げ句、女を攫って乱暴したり……大名騙りの割には、やってることが破落戸みてえなんですよ」

「破落戸よりひどいぞ」

「そのとおりです」

銀二は即座に同意した。

「そんな奴、よく野放しになってるな。町方はなにやってんだよ」

「町方も忙しいのか、それとも、他になにか事情があるのか……」

「事情ってなんだよ?」

「さあ……それはわかりませんが、兎に角やたらと金回りはいいようです」

「そういえば姐さんも、何度もお座敷に呼ばれた、って言ってたよな。よほど金回りがよくなきゃ、深川一の姐さんを何度も呼べるわけないもんな」

言いつつ、それまで銀二に合わせて無意識に歩を進めていた勘九郎は、ふと気づいて銀二に問う。

「ところで、一体何処に向かってんの?」

「決まってるでしょ。そいつのヤサですよ」

「そうなのか」

勘九郎は納得し、再び銀二の歩調に合わせた。

折しも、すれ違う人々の横顔も赤々と照り返す頃おいである。悪人の巣窟に着く頃には大方陽も落ちはじめている筈だ。

(その時刻なら、そろそろ刺客が出てもおかしくねえな)

少なからず、勘九郎は期待していた。

明らかな敵が存在せぬ静かな日々にはそろそろ飽きはじめている。

三

銀二が勘九郎を伴った先は、宮戸川の沿岸——富裕な旗本の隠居所や富商の寮が多く建ち並ぶあたりだった。

楽隠居の老人や大店の主人の懐を狙ってか、料理屋や置屋も少なくない。

そのため、夕暮れ時、灯ともし頃ともなると、何処かのお座敷へ呼ばれてゆく芸者衆の姿が屡々見られる。

「あの野郎、あれから、本当に染吉姐さんに悪さしてないんだろうな？」

「それは大丈夫みてえですよ。奴らにも、あまり表立って悪さできねえ事情があるんでしょうよ」

「どんな事情だよ？」

「さあ……それはわかりませんが」

「だいたい奴らは何者なんだ？」

「さて、何者なんでしょうね」

「案外、盗っ人の一味だったりして」

「まさか」

「わからんぜ。金回りがいい理由も、そう考えれば腑に落ちる」

「………」

水戸家の下屋敷からも程近いその家――ちょっとした旗本屋敷くらいの広さはありそうな寮の中に呑まれてゆく複数の人影を確認しながら、勘九郎と銀二が口々に言い合っていると、

「おい、お前たちそこでなにをしておる」

「え？」

勘九郎と銀二は異口同音に声を発して振り返る。もとより、振り返らずとも、

「祖父（じい）さん」

「御前――」

そこに立っているのが三郎兵衛だということは、わかっていた。

「祖父さんこそ、なんでいるんだよ」

わかってはいたが、振り向きざまに勘九郎は言い返した。

「でかい声を出すな、馬鹿者が」

「………」

「ここを突き止めたのは銀二だな」

「申し訳ありません」

銀二は即座に頭を下げた。

三郎兵衛から言いつけられたわけでもないのに勝手な真似をしたという気まずさが、反射的にそうさせたのだろう。

が、気まずさにおいては三郎兵衛も同様である。

「いや、儂もうっかりしていた。あの男が染吉に害をなすかもしれぬということに、すぐには思いいたらなんだ」

そこまで言って、三郎兵衛はしばし口を閉ざした。

本来ならば、銀二らにその命を下すのは己であるべきだった。

ところが、三郎兵衛の足をここへ向けさせた理由ときたら、全くくだらぬ間抜けなものである。そのことに恥じ入るとともに、澱のような気まずさが三郎兵衛の全身を支配した。

「祖父さんはなんでここに来たんだ？」

当然発せられた勘九郎の問いに、しばし答えを躊躇ってから、結局、

「仔細があるのだ」

ない。

とても、答えられなかった。

三郎兵衛とて、稲生正武から教えられた案件に、諸手を挙げて承服できたわけでは

寧ろ、不満たらたらであった。

「なんだよ、その、仔細って――」

勘九郎は食い下がったが、

「兎に角、こんなところをうろうろして、人に見られては困る。行くぞ」

二人に向かって不意に怖い顔を見せると、有無を言わさず促した。

二人は黙って従うよりほかない。

「なぁ、何処行くんだ？」

数歩歩き出したところで勘九郎が三郎兵衛の背に問うたのは、帰途とは思えなかったためだろう。

「こんなところまで出向いて腹が減ったな。なにか食おう」

「なにかって……」

閉口しつつも、勘九郎は仕方なく祖父のあとに続いた。

一方銀二は、三郎兵衛の様子が常と違っていることに気づき、無言で従った。

三郎兵衛が二人を連れて行ったのは、同じ宮戸川河岸にある小さな料亭である。小さい店ではあっても座敷はすべて個室で、どうやら三郎兵衛のよく知る馴染みの店のようだった。

「水戸家の御家門？……あいつ、ただの大名騙りじゃないのか？」

三郎兵衛の話を聞くなり、勘九郎は大きく目を見張った。

「いや、騙りは騙りだ。正式な大名でもないのに大名を名乗っているのだからな」

「けど、正真正銘水戸様のお血筋なんでしょう？」

三郎兵衛の顔色を窺うように遠慮がちな口調で銀二が問う。

「だから厄介なのだ」

銀二の手の中で空になった猪口に注いでやりながら三郎兵衛は述べた。

腹が減ったと言った癖に、料理にはろくに手をつけていない。帰途にはつかず、二人を酒に誘ったのは、敢えて寄り道したかったからに相違あるまい。少なくとも銀二はそう思った。

「水戸様の御家門では下手な手出しはできぬ。それをよいことに、やりたい放題だ。……しかも、若年寄の後押しさえあれば、本気で大名に取り立てて貰えると思い込んでいやがる」

その証拠に、三郎兵衛の口調はいつになく愚痴っぽい。

「だからといって、易々と大名になれるなどと思っておるなら、大間違いだぞ、豎子（こぞう）」

「豎子って歳じゃなかったぜ」

勘九郎がすかさずつっこみ、

「儂にとっては豎子だ」

三郎兵衛はあくまで言い張った。

確かに、三郎兵衛にとって大抵の者は豎子に違いない。

「豎子め。柄にもなく自粛とは、片腹痛いわ」

「自粛？」

「それ故、染吉への報復も控えておるのだろう」

「そういうことでしたか。あの野郎がなんで姐さんに手を出さねえのか、不思議でしようがなかったんですよ」

銀二も漸く納得し、三郎兵衛に注がれた酒をひと口飲む。

「いま下手に騒ぎを起こして町方に目を付けられでもしたら、元も子もないからのう」

「そんな皮算用してやがるのか、あの野郎」

勘九郎も忌々しげに口走り、酒を呷る。

「いまのままでは、あ奴はただ水戸様のお血筋というだけで、なんの身分も持たぬ部屋住みにすぎぬ。水戸様の親族なので町方は手を出せまいが、袖の下を貰って奴に肩入れしている若年寄も、奴が問題を起こせばあっさり見捨てるだろう」

「袖の下貰ってるのに？」

「当たり前だ。若年寄とて、つまらぬことに関わりあって、己の身を危うくしたくはないからな」

と言ったあとで、三郎兵衛は再び言葉を躊躇った。

稲生正武の思惑は、水戸家御家門の松平頼近を餌に、袖の下欲しさから頼近に肩入れしている若年寄をあぶりだし、更迭することだった。

現在、若年寄の職には、西の丸も含めて、それぞれ定員どおりの人数が就いている。しかも、老中や寺社奉行など、他の大名の要職が月番制であるのに比べて、五人が常時その役にある。どう考えても、無駄である。定員四名であれば、二〜三名もいれば充分であることは、吉宗の代になってから見事に証明されている。

そこで稲生正武は考えた。

「肩書きだけの若年寄など、この際罷免するがよいのでございます。なにもしておらぬくせに、若年寄風を吹かせて我ら旗本を下に見ております。許し難いことでございます」

稲生正武にしては珍しく、感情のこもった強い言葉で主張した。

「そのために、頼近の悪行を見過ごせというのか」

「真の悪をあぶり出すためでございます」

と真っ直ぐ目を見て言われてしまうと、三郎兵衛にも返す言葉はなく、

「よいですかな、松波様。頼近ごとき鼠賊（そぞく）、いつでも葬り去ることはできまする。どうせ葬るのであれば、要らぬ若年寄も道連れでございます」

念を押されるまま、承服するしかなかった。

「それまでは、頼近のことはくれぐれもご放念に願います」

最後の念押しは、三郎兵衛の胸に深く響いた。と同時に、

（桐野が儂に隠していたのはこれだったのか）

と合点がいった。

桐野は、三郎兵衛の私臣ではなく、あくまで公儀お庭番である。そうである以上、

他の大目付——この場合は稲生正武だが——の動きも当然把握している。

老中や若年寄についても、同様だろう。

もとより、お庭番の主人が将軍家である以上、仮の主人にいちいち仔細を報告する必要はない。その必要がないことはわかっていても、桐野は三郎兵衛に対して、己に課せられた務め以上の関係性を築いてしまった。

それ故、隠し事をするのが心苦しかったのだろう。

(次左衛門の思惑は思惑としても、矢張り騙り野郎のことは放っておけまい)

それが、三郎兵衛の結論である。

それ故三郎兵衛の足は無意識に、稲生正武から教えられた頼近の住まいに向かっていた。ご親族ではあるが、元々江戸屋敷に住むことも許されなかった身の上だ。町場で好き放題しているということは容易に想像できた。

「それで、御前はしばらく奴を見張るおつもりなんですね」

「あ、ああ……」

銀二に言われて、三郎兵衛は漸く我に返った。

「奴がしびれをきらして悪さをはじめたら、容赦なく灸(きゅう)を据(す)えてやるわ」

言うなり三郎兵衛は、漸く手にした猪口の酒をひと口含んだ。

己が、稲生正武に教えられて辿り着いた場所に、当たり前のように勘九郎と銀二がいたことが、嬉しくもあり口惜しくもあった。

稲生正武に釘を刺されてその言うなりになるなど、真っ平だった。

「それでこそ、御前です。ああいう野郎はとことん懲らしめてやらなきゃいけませんや」

と同意する銀二の面上には微妙な感情が滲んでいたが、三郎兵衛は気づかない。

一方勘九郎は、二人の会話に興味を示さず、あらぬ方向に視線を向けている。

しばし窺うような様子を見せてから、ふと口を開いた。

「なあ、さっきから気になってんだけど——」

「なんだ?」

「どこかで泣き声が聞こえないか?」

「泣き声だと?」

「さあ……」

三郎兵衛は問い返し、銀二も首を傾げている。

ここは料亭。芸者を呼ぶ者も少なくないが、酒席に呼ばれてめそめそ泣く芸者はいないだろう。だが、勘九郎の耳には確かに聞こえる。

「女の泣き声だよ。ものすごく悲しそうな……」

勘九郎は言い募るが、

「聞こえないか？」

「なにも聞こえぬなぁ」

「聞こえませんね」

三郎兵衛と銀二は口を揃えて言い、勘九郎は不満げに口を閉ざすしかなかった。

二人の聴覚が並外れたものであることは勘九郎とて承知している。その二人が、なにも聞こえぬ、と言うのだ。

（おかしいなぁ）

それ故黙るしかなかったのだが、納得はできなかった。

（確かに聞こえたんだけどなぁ）

勘九郎はなおも耳を欹（そばだ）てて、首を傾げた。気になってならないのは、それが女の泣き声だからではなく、この上なく悲しく聞こえたためだった。

四

厠を出たところで、勘九郎はふと足を止めた。

女の啜り泣く声が聞こえる。

今度はかなり近いところから聞こえてくるから、間違いない。その泣き声にひかれるようにして進んで行くと、

「しっかりおしよ」

凛とした女の叱声に出会した。

「気持ちはわかるけど、お座敷で、お客さんの前で泣くこたないだろ、小桃ちゃん」

「お姐さん、ごめんなさい……でも…でも……」

「しょうがないね、もう……」

足早に廊下を折れると、その端——手水鉢の前に二人の芸者が座り込んでいた。紅梅色の着物の芸者が、濃藍の着物の芸者の肩に凭れかかり、弱々しく啜り泣いている。

「いいから、もう好きなだけ泣いちまいな」

「お姐さん……」

「さ、あたしは先にお座敷に戻るから、好きなだけ泣いたら、戻ってくるんだよ」

「はい……」

「おいおい、粋な姐さんたちが、こんなところでなにやってんだ」

声をかけた勘九郎の目は、そのとき、濃藍の着物の芸者の横顔に釘付けになった。

「染吉姐さん！」

「え？」

妹分の芸者を庇いながらゆっくりと顔をあげた染吉は、

「あら、あなたはあのときの！」

その涼しげな目許にありありと喜色を滲ませた。

「姐さん、あれからあの野郎に嫌がらせされたりしてないかい？」

「ええ、あたしも絶対なんかされると覚悟してたんですけど、いまのところ、ご覧のとおり、無事に商売させてもらってますよ」

「それはよかった……と言いたいとこだが、そっちの娘さんはどうしたんだ？」

「あ、小桃ちゃんですか……」

「なんで泣いてるんだ？」

「それは……」

染吉はさすがに口ごもった。

妹分の深い事情を、見ず知らずではないにせよ、よく知らぬ間柄の者に気軽に喋るのが躊躇われるのは当然だ。それは勘九郎にも充分理解できた。

しかし勘九郎は多少の放蕩を経験していたために、それなりに知っている。芸者は、春をひさぐことを生業とする遊女と違い、己の芸のみを恃みに身すぎするものだ。当然、それ故の矜持がある。

そんな芸者が、お座敷で泣き出してしまうなど、余程のことだ。

それ故勘九郎は、

「いや、俺みたいな貧乏旗本の部屋住みじゃ、なんの力にもなれねえかもしれねえけど、いやなやつにつきまとわれたら、そいつをぶちのめすくらいの芸当はできるぜ。これでも一応、旗本だからな」

自嘲を交えつつ、言ってみた。

「若様——」

「勘九郎だ。松波勘九郎」

至極自然に、勘九郎は名乗った。

先ず、己が何処の誰であるか、名乗ることが肝要なのだ。名も知らぬ相手に心を開く者はいない。

「勘九郎様」

染吉は躊躇わず勘九郎の名を呼んだ。一度でも名を呼べば、そこに多少の情は通じる。

「泣き声を聞いちまったもんで、知らん顔はできねえんだよ」

という勘九郎の言葉も、最前よりはより深く届いた筈だ。

その証拠に、染吉はしばし目を伏せて考え込んだ。

「実は、この子のたった一人の身内が殺されちまったんですよ」

やがて染吉は、その重い口を開くことになる。

「え？」

「二親を亡くしてから、この子は芸者の修業に、五つ違いの弟は、《美作屋》という薬種問屋に丁稚奉公にあがってたんですが、そのお店が、先日盗賊に入られて、主人一家から使用人まで、一人残らず……」

染吉はさすがに途中で言葉に詰まり、一旦はやみかけた小桃の啜り泣きが再び高まる。

「一人残らず、か？　そいつはひでえな」

低く呟いたきり、勘九郎は言葉を失った。

年頃の娘が身も世もなく泣いているのが憐れでつい深入りしてしまったが、肉親の死となると厄介だ。それも、たった一人の肉親だと言う。他人がちょっとやそっと慰めたくらいではどうにもなるまい。

そもそも、つきあいの長い染吉が慰めても、どうにもならないのだ。今日会ったばかりの勘九郎にできることがあるとは思われない。

「ね、ひどい話でしょう」

「ああ……」

勘九郎の言葉に触発されたか、再び身も世もなく泣き出してしまった小桃を、しばし途方に暮れ、手もなく見守ってから、

「ここでずっと泣いてるのもなんだから、一旦うちの部屋に来ないか？」

遠慮がちに声をかけるのが精一杯であった。

五

酔った体に、川風が心地よい。

二つのお座敷をこなした後、つきあいの酒を過ごしてふらつくところへ駕籠を呼んでくれるという店の好意を断り、歩くことにした。

しばらく歩いて、ふと足を止めた。

矢張り少々酒が過ぎたようだ。

未だ肉親の死の悲しみから立ち直れぬ妹分はいっそ気のすむまで休ませることにして、この数日馴染み客のお座敷はほぼ一人でこなしてきた。地方がいないと、染吉の踊りだけではもたないので、つい盃を頂戴する機会も多くなる。酒は、嫌いではないが、あまり強いほうではない。

柳の幹に凭れるようにして佇むと、無意識のため息が漏れる。

愁いを帯びた表情も、その佇まいも、絵師が見れば恰好の画材になるところだろう。

「姐さん」

堀端に佇む染吉の艶やかな姿にしばし見蕩れてから、銀二は思いきって声をかけた。

「あら、銀二さん」

振り返りざま、染吉はちょっと眩しそうに眉を顰めて銀二を見返す。向島の料亭で再会したのは、ほんの数日前のことだ。

「珍しいわね、お一人？」

「ああ」

軽く頷いてから、

「あんたに、ちょっと聞きてえことがあってな」

銀二は思いきって切り出した。

「なんでしょう？」

「…………」

だが、切り出したものの、矢張りその先をなかなか口にできない。

「なんですよ、銀二さん。いい男が、女相手になに遠慮してるんですよ」

歯切れのいい口調で促されて、

「ずっと気になってたんだ。……あんときは、出会い頭（がしら）だったし、だから……そんなに深く考えなかったんだが……」

銀二はなんとか言葉を絞り出すが、訥々（とつとつ）として要領を得ない。

いい歳をして、女を前にうわずっていると思われるのがいやで余計うわずってしまう、という悪循環であった。

（どうかしてるぞ。しっかりしろ）

心中密かに、自らを強く叱責してから、

「考えれば考えるほど、奇妙に思えてな」

銀二は漸く、落ち着いて言葉を発した。

「なにがです？」

銀二の視線を真正面から受け止めつつ、染吉は問い返す。大の男でもビビりそうな強面に詰め寄られてもまるで動じないのは流石であった。商売柄、白刃を目の前に振り翳されるが如き修羅場にも何度か遭遇している。

「あの日姐さんは、なんであいつの船に乗ってたんだ？」

「あいつって？」

「松平頼近とかいう、騙り野郎だよ。深川一の売れっ子が相手にするような奴じゃねえだろ」

「なに言ってんですか。花代貰えば、誰だって相手にするのが芸者ですよ。……それに、あのお客はいやな奴ですけど、気前よく花代をはずんでくれるんです」

「芸は売っても身は売らねえのが、あんたら芸者の心意気ってもんじゃなかったのかい？」

「だから、芸をお見せしてたんですよ」

「あの狭い座敷船の中で、女の体にしか興味のねえゲス野郎相手に見せられる芸って、どんな芸だい？」

「………」

容赦ない言葉で遠慮無く問い詰めると、流石に染吉は口を閉ざした。

「なんか、事情があるんだよな？」

銀二の執拗な視線を避けるように、染吉は顔を背けている。

もとより銀二も、聞けばすんなり話してもらえるとは思っていない。もしなにかあるとすれば、余程深い事情に相違ない。昨日今日知り合ったばかりの男になど、おいそれとうち明けるわけがない。

「どういうことなのか、話しちゃくれねえかな」

それでも銀二は重ねて問うた。

染吉はしばらく顔を背けて考え込んでいたが、

「あのお武家様……松波様は、南町のお奉行様ですよね？」

ふと顔をあげ、窺うような表情で銀二をふり仰いだ。

「え？」

「一度、南の奉行所でお見かけしたことがあるんです。あれから三年経ってますけど、船でお会いしたとき、すぐにわかりました」

「三年？」

銀二からの問いには応じず、染吉は再び口を閉ざした。

そして一旦頭上の月に視線を投げてから、

「三年前に、屋根船の中で死体で見つかった桃太郎は、あたしの姉さんです」

銀二を仰天させる言葉を吐いた。

「なんだって?!」

「いえ、血は繋がっちゃいませんが、半玉の頃から、実の姉以上に面倒みてもらいました。身寄りのないあたしにとっては、実の姉同然です」

「桃太郎の……」

「はい。芸には誰より厳しかったけど、それ以外では誰よりも優しくて、深川一気っ風がよくて……姉さんは、あんな惨い殺され方していい人じゃないんです」

「そ、そうだったのかい」

「でも、結局奉行所は下手人をあげられませんでしたね」

「あのとき……いや、実際には、あのあとなんだが、桃太郎姐さんの他にも、二人の娘さんが殺されたんだ。同じように、屋根船の中で、首を絞められて……」

「知ってますよ。読売のネタになりましたから」

「あとの二人は、大店のお嬢さんと武家屋敷の奥女中で、同じ下手人なのか、それとも全然別々の下手人なのか、見当もつかなかった」

「詳しいんですね」

「い、いや……読売に書いてあったんだ」

「銀二さんは、松波の旦那の御用を務めてるんでしょ。……あの頃から？」

「そ、それは……」

銀二は気まずげに口ごもる。

「いいんですよ。わけありなのはわかってます。誰にも言いやしませんよ」

染吉の唇が薄く弛む。

「だから、あたしのことも、ほっといてもらえますか？」

「え？」

「奉行所がなんにもしてくれないってんなら、自分でなんとかするしかないじゃありませんか」

「なんとか、って……」

「あたしが自分で下手人を見つけます」

「ちょっと待て、姐さん、まさか、下手人を見つけるために、奴の誘いにのったのか？」

「見つけるだけじゃありません」

「見つけるだけじゃねえって、まさかお前さん、仇（かたき）を討つつもりじゃねえだろうな？」

「だったら、どうだってんです？」

「冗談じゃねえぜ！」

銀二は思わず声を荒らげるが、染吉は一向慌てない。

「芸者を船遊びに誘ってくるようなお客は、どうせ十中八九、下心のある助平野郎です」

「それがわかってて、助平野郎の船に一人で乗り込むなんて、無鉄砲が過ぎるぜ、姐さん」

「だって、仕方ないじゃありませんか、他になんの手がかりもなかったから。……いざとなったら、川に飛び込んでも、逃げてやれ、と思ってました」

「飛び込むのはいいが、あんた、泳げるのかい？」

「さあ、泳いだことはありませんけど……」

首を傾げながら言う染吉の口許が僅かに弛む。

「泳げねえんじゃ、話にならねえだろ」

つり込まれるようにして、銀二の表情も無意識に和んだ。それで漸く二人のあいだの空気も和み、二人とも自然な笑顔になる。

「まったく、向こう見ずなんてもんじゃねえな。……それで、体を張ってなにかわかったのかい？」

ひとしきり、目顔で笑い合ってから、改めて銀二は問い、

「いいえ……」

染吉は力無く首を振った。

「船遊びに誘ってくる客の船には片っ端から乗ってみてるんですが、いまのところ、なにも……」

項垂(うなだ)れながら、だが染吉はふと顔をあげると、

「けど、あいつが下手人じゃないってことだけは、わかりましたよ」

「あいつ？」

「ですから、あのときのあいつですよ」

「確かかい？」

「ええ、三年前のその頃は、江戸にいなかったって言ってました」

「そんなの、本当かどうか、わからねえだろ」

「そりゃそうですけど……でも、嘘吐く必要がありますか？」

「どうかな。……どうせろくでもねえ野郎みてえだから、別に理由なんかなくても嘘くらい吐くだろうよ」

「そうでしょうか」

「なんにしても、もうあぶねえ真似はやめるんだ」

「………」

染吉が返事を躊躇ったのは、もとよりその気がさらさらないためだろう。

（困った姐さんだな）

思いつつも、銀二には彼女を説得できる自信はなかった。

「なんと！　染吉は桃太郎の縁の者だったのか」

銀二の話を聞いた三郎兵衛は当然驚き、しかる後長嘆息した。

「だからといって、一人で下手人を捜し出そうとは……」

「放っておくと、この先もまだまだあぶねえ真似を続けることになりますぜ」

「ううむ」

「ですが、染吉姐さんの狙いは悪くねえと、俺は思うんです」

「なに？」

「三年前、あれだけ探索しても下手人があがってこねえのは、町方の手の届かねえところにいるからじゃねえか、と御前も思ったんじゃねえですか？」

「…………」

三郎兵衛は答えなかった。

答えないということは即ち、銀二の言葉に同意しているからにほかならなかった。

「やはり、ケリをつけねばならんかのう」

ポツリと口にするまでに、しばしの思案のときを要した。

「御前――」

「ん？」

「染吉姐さんと話してて思ったんですが……」

「なんだ？」

「たとえ下手人を捕まえて獄門にかけたとしても、遺された親兄弟は納得できねえんだと思います。下手人がくたばっても、殺された娘が戻ってくるわけじゃありやせんから」

「………」

「ですが、下手人がくたばってさえ納得できねえってのに、その下手人がのうのうと生きてやがると思ったら――」

「わかった、銀二」

三郎兵衛はたまらず、銀二の言葉を中途で遮った。それ以上は、耳に痛いばかりであった。

「よくわかった」

懇願するように言って銀二の口を封じてから、しばし考え込む。

(既に町奉行の職にないことも、次左衛門の思惑も、最早儂の与り知らぬことだ。……銀二の言うとおり、確かにあの折、町方の介入できぬ武家屋敷が関わっているのではないかと、儂も考えた。考えはしたが、それ以上の追及は避けた。面倒だったのだ。儂としたことが、怠慢であったわ)

蹲の水を飲みに来た三羽の雀をしばし真顔で見据えながら、

「とりあえず、勘九郎と交代で染吉を見張ってくれるか？」

三郎兵衛は遠慮がちに命じ、

「はい」

銀二は即座に頷いた。

「で、奉行所のほうの調べはどれくらい進んでるんだ？」

「弥太郎が放免になった以外、たいした進展はありません」

「そうか」

三郎兵衛は軽く頷き、そしてまた考え込んだ。

なかなかの——いや、かなりの難題かもしれないが、やり甲斐はある。朝陽の降り注ぐ自邸の庭に視線をやりながら、三郎兵衛の心中は存外軽かった。

あれこれ逡巡しているよりは、やると決めてしまったほうが、余程気が楽になる。

ただ一つ気がかりなのは、

「果たして加賀見が江戸におるあいだに、すべての下手人をあげられるか」

ということだった。

第三章　《黒霧党》異聞

一

墨を流したような闇の濃さが、目にも膚にも心地よい。

お誂えに月はなく、星も疎らだ。もとより、地上の明かりも概ね潰えて久しい。文字どおり、草木も眠る時刻である。

闇を往く銀二の体も、二十歳の若者の如く軽い。

（こんな夜は、どんなに警戒の厳重な屋敷へでも忍び込めそうな気がするぜ）

久々に深夜の散歩を楽しむ《闇鶴》の銀二の足どりは、文字どおり飛ぶが如きものだった。

屋根の甍から甍へと飛び移り、屋敷から屋敷を跳梁する。自らがこの闇を支配していると実感する、会心の瞬間だ。

（ん？）

つと、銀二の足が無意識に止まる。

たまたま降り立った屋根瓦(がわら)へ、反射的に身を伏せた。完全に闇に溶け込んでいる自負がありながら、異なことであった。

意識ではなく、本能の為せる技だった。

何処(どこ)かで、気配がする。

己と同じく、何処かに闇を侵す者がいる。銀二はそう確信した。

闇を侵し、闇の中を蠢(うごめ)くものの正体といえば、盗っ人と相場は決まっている。

そのままの姿勢で、銀二は、しばし闇に目を凝(こ)らした。

如何に夜目がきくといっても、限界はある。月はおろか、星明かりもろくにないとなれば、そこになにかを見出(みいだ)すことは難しい。

しかるに、銀二が斯(か)くも易々と深夜の散歩を楽しめるのは、江戸の地理を熟知しているということもあるが、銀二の目が、そのことに対して特別だという点も大きい。

気配を殺し、足音を消し、息を潜(ひそ)める——。

闇の中で、己と同じ動きをする者たちに対しては、殊更(ことさら)感覚が研ぎ澄まされるのだ。

(間違いない。近くに盗っ人がいる——)

地上を走る人の気配は、一人や二人のものではなかった。

何処からか湧き出て、商家の裏口に参集せんとする者たちの人数を六人まで確認したところで銀二は屋根から降り、彼らのあとを尾行けることにした。

己以外の盗っ人の存在が許し難くもあり、純粋な興味でもあった。

(このあたりで盗みに入るとすれば……)

見事に揃った足並みが目指す先は、武家屋敷ではなさそうだ。

充分な間合いをとり、気づかれぬように歩を踏み出したところで、だが、不意に強く肘を捕らえられた。

(…………)

声を出すな、という低い囁きは僅かに空を震わすほどの密やかさだったが、銀二の耳にはしっかり届いた。

それ故抵抗することなく、肘を捕らえられると、そのまま天水桶の陰まで引き込まれた。

「やめとけ」

今度は耳許に囁きかける声の主を、もとより銀二は知っている。

形ばかりの頬被りで顔を隠したつもりの男を、銀二は鋭く顧みた。

「九蔵」

「てめえ、上方にずらかってたんじゃねえのか」

「ああ、しばらく行ってはみたんだが、どうにも水が合わなくてな。やっぱり俺には江戸が似合うのさ」

「なに、暢気なこと言ってやがんだ、てめえは。捕まりゃ獄門だぞ」

「心配してくれるのか、銀二。ありがてえな」

銀二に劣らず強面のくせに、九蔵は無邪気な笑顔を見せる。

長らく異郷に身を置いたせいだろうか。久しぶりで旧知の者と出会ったことが、本当に嬉しいらしい。

「それより、なんだあいつら?」

「ああ、上方から来た盗っ人の手下。確か、《黒霧党》とかいったかな?」

「《黒霧党》? 聞かねえな。頭は誰だ?」

「《黒霧》の仁三郎とかいったっけかな? よく知らねえ」

「《黒霧》の仁三郎……聞いたことねえな」

「若いやつじゃねえのか。若い奴のことはよくわからねえ」

「若いやつ……」

「俺もおめえも、もういい歳だな」

と九蔵は柄(がら)にもないことを言い、自嘲するが、銀二には聞き捨てならないことだった。

「もし本当に若いやつだとしたら、余程の凄腕だぞ。できたての一味で江戸まで乗り込んできたんだからよう」

「そうかもな。とにかく、上方でも相当荒稼ぎしてたようだぜ」

「そんな奴の名が知れてねえのはどう考えたって、おかしいぜ」

「上方じゃ知られてんじゃねぇのか」

「上方で知られてるなら、少しは江戸にも聞こえてるはずだろ」

「そうかい？　どうだっていいじゃねえか、そんなこと」

「どうだってよかねえよ。それに、さっきはなんで俺を止めたんだ？」

「あれ以上近付いたら、気づかれるからだよ」

「え？」

「奴ら、元は忍びだとかで、矢鱈(やたら)と勘がいいんだ。下手(へた)に近づくのは命取りだ」

「忍びだと？」

「ああ、間違っても、あとを尾行けようなんて考えねえほうがいいぜ。すぐ気づかれて、逆に囲まれる。……最悪、こっちがお陀仏よ」

「………」

銀二は黙って九蔵を見返した。

恰も、俺がお前を救ってやったのだ、とでも言いたげな九蔵の言い草が気にかかる。そもそもこの男は、どういうつもりで今夜銀二を待ち伏せしていたのか。

「安心しろ。奴らのヤサは、もうこの俺が突き止めてある」

「え?」

「奴らに気づかれねえギリギリの尾行け方をするには、ちょっとしたコツがあるんだ。俺にはできるがおめえにゃ無理だ」

と自信たっぷりに九蔵は言うが、

(こいつに、本当にそんな芸当ができるのかよ?)

無論銀二は半信半疑であった。

そもそも、盗っ人の隠れ家がわかっているというなら、何故九蔵は今夜銀二の前に現れたのか。偶然だと言い張るには、あまりにも都合がよすぎる。

「そのコツとやらを、是非とも伝授しちゃもらえねえかな」

冗談まじりの軽口で銀二が探りを入れてみると、

「いいぜ、俺とおめえの仲だ」

九蔵は上機嫌で応じてきた。

(矢張り俺を待ち伏せしてたのか)

銀二は確信したが、同時にそれが不審でもあった。


「なんか、悪いな」

銀二の隠れ家である割長屋の狭い部屋で、銀二が用意してくれた酒を飲みながら九蔵は言った。

「ここ、おめえのヤサなのか？」

「見りゃあわかるだろうが」

如何にも鰥夫の一人住まいらしい、狭くて小汚い部屋の様子を物珍しそうにキョロキョロ見回す九蔵に、強い語調で銀二は言い返す。

同じ稼業の者とはいえ、かつて一家を成した大親分の九蔵は、その風貌に相応しい暮らしをしてきており、長屋住まいなど経験したことはないのだろう。

「まさか、こんな小汚ねえとこに、女連れ込んだりするのかよ？」

揶揄(やゆ)する口調も、どこか楽しげであった。

「連れ込まねえよ」

渋い顔つきで銀二は言い返すが、

「はっはっ……連れ込む女もいねえか」

上機嫌の九蔵は一向に気づかない。

「俺ァ、てっきり、おめえはあの旗本の殿様のとこにいるんだろうと思ってたぜ」

「なんの理由もなく、御前(ごぜん)のお屋敷に居候(いそうろう)できるわけがねえだろうが」

九蔵の言葉に悪気はないのだろうが、銀二にはいちいちひっかかる。

そもそも、その馴(な)れ馴れしさもひっかかるし、銀二の部屋に当然のように腰を据えた感じもひっかかる。

「なんで居候できねえんだよ。あの長屋、いつもガラガラじゃねえか」

「長屋は、お屋敷で雇われてるご家来衆が住むとこだ」

「ふうん……」

「なんだよ？」

昨日銀二が煮売り屋で買っておいた牛蒡(ごぼう)と蒟蒻(こんにゃく)の煮物をつつきながら小首を傾げる九蔵を、銀二は鋭く睨み据える。

「なにが言いてえ？」

「だって、おめえ、あの殿様の犬なんだろ？」

「………」

「だったら、四六時中殿様のお屋敷にいるほうが、なにかと便利だろうがよ」

あからさまな一言で銀二を絶句させたとも気づかず、九蔵は更に無神経な言葉を吐く。

「殿様だって、そのほうが面倒がなくていいだろ。屋敷の飯食わせて、店賃もタダだ」

「俺ァ別に、御前からお手当てを貰ってるわけじゃねえよ」

だが銀二は、二度は動揺せず真顔で言い返した。

「そうなのか？」

「ああ」

悪気のない九蔵の問いにも、最早徒に苛立つこともない。

「じゃあ、ただ働きか？」

「まあ、そういうことになるな」

「なんでだ？」

「おめえも江戸っ子ならわかるだろ。俺ァ、御前の気っ風の良さに惚れ込んでるだけなんだ。金目当てじゃねえんだよ」

「わかるぜ、銀二」

「え?」

即答する九蔵に、銀二は再び戸惑った。

銀二が、覚悟しても覚悟しても、軽くその覚悟を超えてくる。今日の九蔵は、兎(と)に角(かく)扱いにくいし予想もつかない。

「俺も、あのお方のためなら、なにかお役に立ちてえって気になるぜ。……だからこうやって、舞い戻ってきちまったのかもしれねえ」

箸(はし)を置き、猪口を置き、少しく居住まいを正して九蔵は言った。

銀二にとってはいよいよ剣呑だ。

「どういうことだ?」

「例の、《黒霧》の一味だよ。あいつらが江戸でひと稼ぎしようって企(たくら)んでるのがわかったから、殿様にお知らせしようと思ってよ」

「え?」

「あんな奴らに、江戸で、我が物顔でのさばってほしくねえんだよ」

「それで、獄門首を覚悟で江戸に戻ってきたのか？」

「獄門首覚悟かって言われりゃあ、それはいやだけどな」

九蔵は素直に困惑し、困惑しつつ自ら考え込んでいる。考えつつ、言葉を継ぐ。

「けど、見過ごしにはできなかったんだよな。なんでかわかんねえけどよう」

「九蔵、おめえ、一体……」

銀二はぼんやり九蔵の顔に見入った。悪ふざけをしているようにも冗談を言っているようにも見えない。どこから見ても、大真面目であった。

九蔵は、しばし言葉を止めてから、

「俺も、殿様の犬になりてえのかな」

この日最も衝撃的な言葉を吐いた。

「え？」

「俺もあの殿様の犬になりてえのかもしれねえ」

「な、なに言ってんだ、おめえ」

「だって、おめえと連んであのお屋敷の長屋にいるとき、楽しかったし——」

「え？」

「おめえがいちいちやかましく俺に指図してくること以外、結構うまくいってたじゃねえか、俺たち」

「………」

銀二がすぐに応えられなかったのは、九蔵の言う、あのときのことを思い出していたからにほかならない。

あのとき、三郎兵衛から下された、

「二人で、甲府城の御金蔵から盗まれた金子を捜せ」

という命は、半ば面白半分の苦肉の策であったと、銀二は理解している。

町方に捕まれば磔獄門は免れぬ盗っ人を屋敷に匿うためには、相応の理由が必要だったのだ。

しかし、匿われている以上、当主の命は絶対だった。銀二と九蔵は言われたとおり、市中を探索し、生き証人を見つけ出した。即ち、九蔵の父・文蔵の手下だった《丁稚》の文六という男だ。

結局、文六からはなにも聞き出すことができず、ある日九蔵と文六は揃って屋敷から姿を消した。

(あんときこいつは、俺に黙ってずらかりやがったんじゃねえか)

その折の悔しさが、銀二の胸にありありと甦ってくる。

「なにがうまくやってただ、この野郎ッ」

甦ると忽ち、その怒りを爆発させた。

「黙ってずらかりやがって！」

「…………」

「ふざけんなッ！」

一瞬間、九蔵はポカンと口を開けて怒り狂う銀二の顔に見入った。

「え？」

しかる後、腑に落ちぬ顔つきになる。

「聞いてねえのか？」

「なにがだ？」

「俺に、文六連れてお屋敷から逃げるように言ったのは殿様だぜ。路銀の足しにしろ、って金まで持たせてくれてよう」

「え？」

今度は銀二のほうがポカンとする番だった。だが、

「本当か？」

と聞き返したりはしなかった。

九蔵が嘘を吐くとも思えぬし、三郎兵衛の気性を考えれば、聞き返すのは野暮というものだった。

（なんだよ。御前も水くせえ）

しかし、一抹の淋しさは拭えない。

「それで、なんの話だっけか？」

しばし押し黙ったあとで、やや白け気味の口調で問い返したのが、銀二にとってはせめてもの抵抗というものだった。

「だから、俺が殿様の犬になれねえかって話だよ」

「冗談はよせよ」

「俺は本気だ」

「…………」

銀二は再び絶句した。

九蔵の顔は真剣そのもので、到底冗談を言っているようには見えない。

（そうは言っても、長年大勢の手下を抱えて頭を張ってた男が、今更犬はねえだろう）

一方で銀二は、九蔵の申し出を冷静に判断する。

《不知火》の九蔵。

同じ稼業に就く者にとっては、凡そ名を知らぬ者のない《石渡》の文蔵という大親分を実の父にもつ、生まれながらの盗っ人だ。所謂二代目、というやつである。

文蔵の手下の大半を引き継いだため、若い頃から常に「親分」と呼ばれてきた。銀二のように一人働きをしたこともなければ、誰かの下についたこともないだろう。盗みの段取りは常に手下に命じておけばよく、頭を悩ませることがあるとすれば、それはせいぜい、分け前の分配くらいのものだった筈だ。

そんな男が、この歳になって突然密偵になどなれるわけがない。なれるわけがないことはわかりきっているのに、

「俺は本気だ」

という九蔵の言葉を頭ごなしに否定できないのは、その本気の言葉の中にこそ、獄門首の恐怖をも顧みず江戸に舞い戻った九蔵の本心があると思えたためだ。

「本気か？」

銀二は改めて九蔵に問い返した。

「本気じゃなきゃ、なんの酔狂で江戸に戻ってきたと思うよ」

特に気負うこともなく、存外淡々と九蔵は応える。

「殿様、あのとき、言ったんだよ」

「なんて仰有(おっしゃ)ったんだ？」

「『今回は見逃す。次はないと思え』ってさ。そういうことあっさり言える奴は、信用できるんだよ」

「奴ってお前……。お前、あのお方がどういうお方かわかってて言ってんのか？」

呆れ気味に銀二は問い返す。

「わかってるよ。旗本の殿様だ」

と即答する九蔵の軽々しい言葉つきに不安を覚え、

「ただのお旗本じゃねえ。大目付さまだぞ？」

銀二は恐る恐る問うてみる。

すると、

「大目付？」

案の定九蔵は一瞬間戸惑った。

だが、すぐに愁眉(しゅうび)を開いて、笑顔になる。

「ああ、幕府の偉い人だったな。そうは見えねえけど」

「おい――」

「褒めてんだよ。幕府のお偉方なのに、全然そう見えねえ。……幕府の偉い奴らなんて、どうせ厭な野郎ばっかりだろ？」

「それは……そうかもしれねえけど」

九蔵の言葉を、銀二は否定しなかった。できなかったのだ。

「だったら、いいだろ。殿様は、幕府の偉いお人かもしれねえけど、いやな奴じゃねえ。それで充分だ」

九蔵の口調に迷いはなく、その迷いのなさに銀二は容易く圧倒された。

「兎に角、口きいてくれよ、銀二。お前が口きいてくれてもだめなら、諦めるからよう」

「俺が口きいてだめなら、本当に諦めるのか？」

ほぼ鸚鵡返しに銀二は問い返した。

「おめえに口きいてもらってだめなら、諦めるしかねえだろ」

九蔵は応えるが、万が一にも、己が拒絶されるとは思っていない顔つきであった。

果たしてこの自信はどこからくるのか。

諦めさせたいと思う反面、その願いをかなえてやりたいという気持ちも否めぬ自分がいることに、銀二は密かに戸惑った。

二

「犬になると言うて……」

三郎兵衛は当然困惑した。

庭先で神妙に跪く九蔵の姿を、縁先からしばし見つめている。

銀二同様、息子のような歳の男だが、大柄な体が今日はいやに小さく見えた。小さく見えているということは即ち、九蔵への親近感の現れなのだということにも薄々気づいている。

銀二から、

「会ってもらいたい者がいます」

と切り出されたときには、それが誰なのか見当もつかなかったが、九蔵と知ってしばし言葉を失った。

（なにを考えているのだ、この男――）

盗っ人一味の頭だった九蔵は、町方や火盗に捕らえられれば、間違いなく打ち首獄門だ。押し込みの際に、殺生を犯しているかどうかという問題ではない。そもそも、盗みを働くこと自体が大罪なのだ。

しかし三郎兵衛は、胸中の驚きをひた隠し、極力感情を殺して九蔵に対した。

「町方にはなんの義理もないとはいえ、幕府の役職にある以上、お上に逆らう兇状持ちは見過ごしにできぬ。それ故、次はないと思え、と言ったのだ」

冷ややかに言い下しつつも、己を見返してくる九蔵の、年齢に相応しからぬ直ぐな視線に戸惑う。

「ここでうぬを見逃せば、儂は公儀に対する謀反人になってしまう。それがわかっておるのか？」

「それは再三言い聞かせたんですが……兎に角一度、御前に話をつけてくれ、と泣きつかれまして……」

間に立った銀二もまた、弱りきっている。

「ですが、盗っ人のあっしでも、大岡様のおかげで、獄門を免れました」

弱りきっていながらも懸命に言い募るのは、矢張り九蔵を後押ししようという腹づもりなのだろう。

（銀二の奴、九蔵にはなんの義理もないと言いながら、きっちり義理立てしておるではないか）

三郎兵衛の苦々しい心中を他所に、

「九蔵は、五十人からの手下を率いて繰り返し盗みを働きながらも、あっしと同じく、一度として殺しはしちゃいねえんです。《石渡》の親父さんの厳しい言いつけもありまして。……盗みの場で女を犯すことだって、手下に厳しく禁じていやした」

銀二は懸命に熱弁をふるう。

九蔵にはなんの義理もなければ、弱味を握られているわけでもない。それでも熱弁をふるうのは、三郎兵衛に対してほんの少しの蟠りがあるからにほかならないのだが、その真の理由を三郎兵衛は知らない。

「盗みの他は、罪を犯しちゃいねえんです」

「それはそうかもしれぬが……」

「てことは、あっしと同じじゃねえですか」

「同じ？」

「あっしは、大岡様に拾われて人の道に戻していただきましたが、九蔵にだって、人の道に戻る機会があってもいいじゃねえですか」

「儂に、九蔵にとっての大岡様になれ、と言うのか？」

「そのとおりでございます」

銀二が即答したので、三郎兵衛は一旦黙るしかなかった。

黙り込み、懸命に思案する。

完全に二対一の戦いを制するには、もっともっと知恵を使い、思案を重ねねばならない。

「だが、九蔵には五十名からの手下がおるのであろう」

考えた末に、三郎兵衛は切り出した。

「え？」

「九蔵が儂の犬になったら、その手下どもはどうなるのだ？」

「どう、といいますと？」

「九蔵が儂の犬になったとして、頭を失った手下どもはどうなるのだ？　全員が足を洗って堅気になるのか？」

「それは……」

銀二が口ごもった一瞬の隙をついて、

「五十人もいませんよ」

九蔵がすかさず口を挟んだ。

「五十人てのは、親父の頃からの手下を入れての話で、実際に俺の手下といえるのはせいぜい二、三十人かそこらです」

「二、三十人でも、たいしたものだ。ちょっとした地回りの一家くらいの人数ではないか」

「けど、それのなにが問題なんでしょうか？」

全く悪びれず問い返す九蔵を、三郎兵衛はまじまじと見返した。黙っているときは小さく見えるのに、口を開くと忽ち元の大きさに戻る。

「なにが問題と言うて……これまで苦楽をともにしてきた手下を見捨てることになるのだぞ」

「見捨てられたのは俺のほうなんですぜ、殿様」

「なに？」

「まあ、いろいろありやして、もう何年も仕事をしてねえんですが、この稼業、仕事をしねえと、一銭も稼げねえわけで……仕事しなきゃ飯の食い上げだって抜かしやがって、皆、仕事する頭のとこに行っちまいやした」

「なんだと？」

三郎兵衛は少しく顔を顰（しか）め、

（そのいろいろあった中には、《吉（きち）》なんて野郎と連（つる）んだり、その口車にのってこの俺をつけ狙ったりしてたことも入るんだよな？）

銀二はあからさまに顔を顰めた。

九蔵を、全面的に支援できない理由がそこにある。

だが銀二の心中になど一切興味のない三郎兵衛は、唯一見出した突破口から、とことん攻め込もうとしていた。

「己の手下が何処でなにをしているか、気にはならんのか？」

「そりゃ、気にはなりますが……」

「気になるのであれば、そやつらの行く末を見届けてやるのが、当面のそちの務めではないのか」

「ですから、大半の野郎どもは、他の頭のところへ……」

「あくまで、大半の野郎であろうッ！」

「…………」

「手下の全員が、他の頭のところへ行ったのか？」

「いえ、それは……」

「全員が行ったわけではない以上、そちは、何処でどうしておるかわからぬ手下の先行きを案じねばならぬ。それが、一党の頭というものだ」

「………」

「何処かで路頭に迷っているかもしれぬ手下の行く末を見届けてこそ、頭の責務を全うしたといえよう。己のことは、そのあとだ。違うか？」

「………」

三郎兵衛の舌鋒に気圧（けお）された九蔵が口を噤（つぐ）んだその刹那、

「ですが、御前、どこに散ったかわからねえ手下の行く末を最後まで見届けるとなると、何年かかるかわかりゃしません。見届ける頃には、九蔵は骨になりますぜ」

銀二がすかさず口を挟んだ。

「だとしても、己に課せられた責任も果たせぬような者は、どうせ何一つ、ことを成せるわけもない」

三郎兵衛は淡々と言い継ぐが、既に旗色が悪いことは承知している。それをひた隠すため、語調は一層険しさをおびる。

「そもそも、斯様（かよう）に無責任な者を、我が密偵とするわけにはゆかぬ」

「お言葉ですが殿様、来る者は拒まず、去る者は追わずってのが、親父の代からの家訓でやして……盗っ人の世界じゃ、滅多にねえことなんですぜ」

拙（つたな）い言葉ながらも、九蔵は懸命に言い募った。

「なにが言いたいのだ？」

顔を顰めた三郎兵衛の語調が更に険しくなりかけるのを察し、

「そうですよ、御前。普通、盗っ人の一味なんて、一度入ったら最後、足抜けなんて金輪際許されません。義理を欠いたら生きていけねえ稼業ですからね」

銀二も懸命に援護した。

「足抜けとは……まるで吉原の女郎ではないか」

三郎兵衛の口からは、最早難癖しかでてこない。

「ええ、うちは足抜け自由なんでして……」

三郎兵衛の難癖を冗談と受け取り、つい調子にのる九蔵の軽口を遮るように、

「去った奴らの中には、盗っ人稼業をやめて、堅気になった奴もいたかもしれやせん。……一味の大半は、文蔵親分に育てられた野郎でしたから」

強い語調で銀二は言い募った。

その強い語気に、三郎兵衛は少しく圧倒される。

「いまは他の頭の下についていても、その頭が非道な盗みをすれば、すぐに戻ってきます」

「そうか」

銀二の言葉を聞く三郎兵衛の内心は依然として複雑だった。

果たして銀二は、何故斯くも熱心に九蔵を薦めてくるのか。

一人働きの盗っ人だった銀二と違い、多くの手下に指図するだけだった――まさしく、殿様のような九蔵に、銀二と同じ働きができるとは思えない。

土産代わりとばかりに持ち込まれた《黒霧党》とやらの情報も、いまの三郎兵衛にとっては重荷以外のなにものでもなかった。

（三年前の下手人を捕らえると決めた矢先に、盗賊の捕縛など……そもそも、いまの儂は町奉行ではないし……）

三郎兵衛が無意識に思ってしまった、まさにその瞬間――。

「《黒霧党》を捕らえることは、即ち額田藩藩主を名乗る松平頼近の息の根を断つことにつながります」

聞き慣れた声音が凜として耳朶に響いた。

勿論、三郎兵衛の耳朶にだけ、だ。

「どういうことだ、桐野？」

座敷のほうを振り向けば、そこに、小さく蹲った黒装束の桐野がいる。

「現在松平頼近の後ろ楯となっている《東雲屋》の正体は、おそらく、《黒霧党》の頭でございます」

「なんだと！」

三郎兵衛は絶句した。

「それはまことか？」

次の言葉を発するまでに、しばしの時を要することになる。

三

「本来ならば、もっと早くお知らせするべきでございました」

口調こそ恭しいが、桐野の面上には僅かの感情も滲んではいない。いつもどおりだ。いつもどおりの桐野に対して、

「いつからわかっていたのだ？」

と、思わず顔色を変えて詰め寄ってしまったのは、このところの桐野への不満が爆発したからに相違なかった。

幸い、いまは三郎兵衛の居間で桐野と二人きりだ。桐野と話がある、という理由で、銀二と九蔵はひとまずさがらせた。

「此度九蔵が参らねば、ずっと黙っているつもりだったか？」

「《東雲屋》の正体が伊賀者かもしれないということは薄々察しておりましたが、まさか盗っ人であったとは……」

「白々しい。《東雲屋》が盗っ人と知れば儂が黙っていまいと思うたのであろうが」

「松平頼近と《東雲屋》については、当分泳がせることになっておりましたので」

「それは次左衛門の指示か？」

「………」

「そちは次左衛門の家来か！」

という言葉は辛うじて呑み込んだが、桐野には通じたのだろう。

「下野守様は私の主人ではございませぬが、この件に関する限り、下野守様のお考えが、即ちご公儀の方針にございます」

静かに言い返されると、口を閉ざすしかなかった。

「だいたい、なんなのだ、そちは――」

喉元までこみ上げる不満の言葉も、無理矢理呑み込むしかない。

三郎兵衛は苛立った。

「そもそも、小出英貞のことなど、要らぬ情報を儂の耳に入れおって……」

苛立ちのあまり、つい口走ってしまってから、再び黙り込んだ。

桐野の冷静さが、ただただ疎ましい。

「それで、儂にどうしろと言うのだ？」

「九蔵殿を、お召し抱えなされませ」

「なに？」

「御前が思われるよりもずっと、お役にたてるかと存じまする」

「あれのなにが役にたつと言うのだ？　尾行一つ満足にできぬぞ、あれは――」

「左様に瑣末なお役は果たせずとも、九蔵殿にはなににも勝る宝がおありです」

「なににも勝る宝だと？……なんだ、それは？」

「九蔵殿の人脈でございます」

「人脈？」

「《黒霧党》は、伊賀者あがりの頭が率いる一味でございましょうが、そんな一味の中にも、必ずや一人か二人は、存じ寄りの者がおりまする」

「必ずおるとは限るまい」

「いえ、盗っ人の稼業とは決して甘いものではございませぬ。如何に伊賀者とはいえ、盗みを生業にしているわけではありませぬから、必ず、経験を積んだ老練の者を仲間に引き入れます」

「では、上方におられた九蔵殿が、何故わざわざ《黒霧党》の手下らとともに江戸に舞い戻られたと思われます?」

「それは……」

「伊賀者だらけの《黒霧党》の隠れ家を、何故突き止められたと思われます?」

「わからぬ」

三郎兵衛は苛立った声を出す。

「九蔵殿のまわりには、旧誼を忘れず、いまなお馳せ参じる者が少なくないからでございます」

「ならば何故、一味を解散したのだ?」

「解散したわけではございますまい」

「では、なんだ? 一味がなくなったればこそ、奴もおかしなことを思いついたのではないか」

「九蔵殿ご自身が先程申されました。来る者は拒まず、去る者は追わず、と……おそらく、一時は離れても、九蔵殿が望めば又戻るのではございますまいか」

「確か、銀二もそんなことを申しておったが……」

「おそらく、一味の者たちが離れていったのは、九蔵殿自身が、盗みをやめたい、と思うたからではございますまいか」

「なんのために？」

「御前の犬になるためにほかなりませぬ」

眉一つ動かさずに桐野は言い切り、三郎兵衛は即ち絶句した。

「わからぬ」

「おわかりにならずとも、よいのです」

頭を抱えんばかりの三郎兵衛を前に、桐野の表情がふと弛んだ。

「わけのわからぬ者を召し抱えるなど、真っ平だ」

言ってから、三郎兵衛はふとなにかに気づいた如く愁眉を開く。

「そうだ！」

「如何なされました？」

「あの者、何者かによって操られているのではないか？」

「は？」

「そうだ！　間違いない！　何者かがあやつに術をかけ、意のままに操っておるのだ。

そうに違いない」

「そうだろう、桐野？　そうでなければ、自ら犬になりたいなどと言い出すわけがない」

「………」

「もう尾張屋はおりませぬ」

「尾張屋以外にも、術を使う者くらいおろう」

「おるかもしれませぬが……」

色めきだつ三郎兵衛に対して、桐野は少しく困惑した。

「おのれ、何処の何奴(なにやつ)かは知らぬが、妙なことを考えたものよ」

桐野が否定せぬのをよいことに、三郎兵衛は調子に乗った。

「この儂が、斯様に浅はかな策で謀(たばか)られると思うたら、大間違いよ」

「………」

「儂を誰だと思うて——」

三郎兵衛は、自ら言いかけた言葉を止めた。

ここまで桐野が反応してくれないと、さすがに虚(むな)しくなったのだ。

「どうあっても、あやつを召し抱えるしかないのか？」

「それが、よろしゅうございます」

「本当に、ものの役にたつのか？」

「《黒霧党》の捕縛に限っていえば、大変役立つかと――」

「そうかのう」

桐野が何度請け負っても、三郎兵衛は半信半疑であった。

「なにがおかしい？」

そのとき桐野が失笑したように思え、三郎兵衛は思わず問い返したが、もとより桐野は答えず、ただ唇辺(くちべ)を淡く弛めている。

例によって、慈母の微笑だ。

「《黒霧党》捕縛の後は、どうする？　一度召し抱えたら、理由もなく放逐するわけにはゆくまい」

「使用人のすべては主人の意向で決まります。御前の意のままになされればよろしいではございませぬか」

「左様にいい加減なことはできぬ」

と言い張る三郎兵衛の頑固さを、内心微笑(ほほえ)ましく思いながらも、

「では、九蔵殿の気がすむまで好きなようにさせておけばよいではございませぬか」

事も無げに桐野は言う。

「…………」

「御前がお困りになるか、九蔵殿が飽きるか、よい勝負でございます」

「どういう意味だ？」

「銀二殿も、熱心に薦めておられたではありませぬか」

「それがわからぬ。銀二の奴は、何故あれほど熱心に九蔵を儂に薦めるのだ？」

「九蔵殿が、どうせ、なにをなされても長続きする筈はないとタカをくくっておられるからでございましょう」

咲き誇るように鮮やかな笑顔を見せながら口にすべき言葉ではないが、桐野の場合はそれが不思議な説得力となっていた。

三郎兵衛は結局桐野の薦めに従うしかなかった。

四

《東雲屋》の店舗は、同様の大店（おおだな）が建ち並ぶ日本橋堀留町（ほりどめちょう）の賑やかな表通りにあった。

　さすがは大奥出入りというだけあって、構えも造りも立派なものだったが、実際には人の出入りはあまりなく、どちらかといえば、寂れた感じであった。吉宗が将軍職を継いでからというもの、大奥は厳しい倹約を余儀なくされ、出入りの商人も半数以下に減らされた。

　仮に出入りが許されていても、以前ほどの儲けは出せていないだろう。

「だからって、商人が盗っ人になるか？」

　蕎麦を啜りながら、勘九郎は呆れ声を出した。傍らの窓から斜向かいにある《東雲屋》の門口がよく見えるが、さすがにそこから顔を出してジロジロ見るような子供じみた真似はしない。この種の探索にもすっかり慣れた。

「全く、商売が左前になったから盗っ人になるって、どういう了見なんでしょうね」

　手酌で注いではチビチビと猪口を嘗めながら銀二が応じる。

「ったく、いつから盗っ人になったんだよ。どうせなら、大奥に盗みに入ればよかったのに」

「大奥は無理でしょう」

「なんでだよ。伊賀者なんだから、いけるだろ」

「桐野さんみてえなお庭番が大勢警護してますから、ひとたまりもありませんや」

「そうかなぁ。伊賀者だって、そこそこやると思うぜ」

「大奥で斬り合ったたって仕方ないでしょう」

「俺は見てみたいけどなぁ」

「若――」

「それで、どうするんだよ？　まさか、正面から乗り込んで、てめえら盗賊だろう、って問い詰めるわけにもいかねえだろ？」

二人の会話に割り入ったのは、一つ離れた席で店の小娘をからかっていた九蔵である。

昼餉の時刻を過ぎ、夕餉まではまだ間があるため、小さな蕎麦屋は三人の貸し切り状態だった。強面の町人二人と若い侍が連んで、真っ昼間から一体どんな悪事の相談かと思われていることだろう。

「黒霧党……いや、東雲屋をお縄にしねえと、その金が全部、騙(かた)り野郎とやらのところへ流れ込んじまうんだろ？」

という九蔵の言葉に、銀二も勘九郎もともに口を閉ざした。

「そんなこたあ、わかってら」

銀二が乱暴に言い返すと、

「じゃあ、どうすんだよ？」

九蔵も忽ち険しい顔つきになる。

「そんなこたあ、御前がお考えになる。てめえは黙ってろ」

「なんだとぉ？」

「全部で何人くらいいるの？」

「え？」

勘九郎の唐突な問いに、九蔵が戸惑った。

「《黒霧党》の人数だよ」

「大坂から来たのは、ざっと、二、三十人てとこかなあ」

「おいおい、二十人と三十人じゃ、全然違うだろ。一緒くたにすんなよ、親分」

「そうかぁ？　二十人と三十人は同じだろ」

「同じわけねえだろ、馬鹿かてめえは」

「なんだとぉッ!!」

「てめえ、喧嘩売ってやがるのか！」

「二十人と三十人はそんなに違わねえが、伊賀者となると話が違うんだよ、大親分」

言い合う二人の雲行きが怪しくなるのを察して、勘九郎は慌てて言い募る。

「やめろよ、二人とも。ただ、人数は、できるだけ正確に教えてほしいと思うけど……」

「二十人と三十人で、どう違うってんだよ、若様」

九蔵は不満げに言い返し、銀二は黙った。

勘九郎は真顔に戻ってから、

「伊賀者二十人までなら、俺と祖父さんと銀二兄でどうにかできる。けど、それ以上は無理だな」

大真面目な口調で言う。

「無理ってどういうことだ、若様？」

「銀二兄と俺が死ぬ」

「まさか……」

「伊賀者は、それくらい手強いってことだよ」

銀二の言葉に、九蔵は漸く察したようで言葉を躊躇った。

「じゃあ、殿様は？」

「え？」

「若様はいま、若様とてめえが死ぬって言ったけど、殿様のことは言わなかった。殿様はどうなんだ？」

「祖父さんは……死ぬ気がしねえよ」

「確かに」

銀二と九蔵は、異口同音に呟いた。

（この二人、気が合うのか合わないのか……）

口には出さず、心中密かに勘九郎が思ったとき、店の中から、主人らしき身なりのよい人物がお供の若い手代とともに路上に現れた。

「出かけるようだな」

九蔵が低く呟くのと、銀二が無言で腰を上げるのとがほぼ同じ瞬間のことだった。

銀二は無言のまま席を立って蕎麦屋をあとにし、九蔵もやや慌ててそれに続いた。

主人は言うまでもなく、《東雲屋》の使用人を尾行する際は、必ず九蔵と一緒に行くようにという、桐野からの指示だった。

銀二は些か——いや、かなり不満な様子であったが、従うしかなかった。

歳の頃は四十がらみ。

一代で大店を築いたとすればちょっと若すぎる気もするが、痩せぎすで酷薄そうなその外貌を見る限り、相当頭は切れそうだった。商売のためなら手段を選ばず、平然と人殺しもする。

それが、《東雲屋》主人・喜右衛門の印象である。

しかし、《東雲屋》が大奥出入りとなったのは、この十年あまりのことで、既に吉宗による倹約政策の真っ最中であったから、さほど美味い汁は吸っていないだろう。

それどこか、近頃では堀留町のお店も閑古鳥が鳴いているといわれる始末である。主人の喜右衛門がしょっ中外出するのは、金策のためだと噂されても仕方がなかった。が、実際には何処に立ち寄るということもなく、ただ漠然と市中を散策しているようにしか見えない。

「こいつ、暇なのかな？」

首を捻りながら、九蔵が思わず呟いたのも無理はなかった。

「馬鹿か、てめえは。ああやって、次に盗みに入るお店を物色してるに決まってんだろうが」

「たいしたお店も見てねえじゃねえか。どこが下見だよ」

「素人じゃねえんだ。わざわざ店の前まで行ってジロジロ見なくたって、わかるんだよ」

「なにがわかるんだよ？」

「決まってんだろ、金蔵にどれくらい金が入ってるか、だよ」

「そんなこと、わかるわけねえだろ。いざ忍び込んでみたら、立派な金蔵ん中がからっぽだったなんてこたあ、ざらにあったぜ」

「ああ、てめえはそうだろうな」

「どういう意味だよ？」

「意味なんかねえよ。ただの感想だ」

「なんだとぉ、この野郎ッ——」

（二人とも、あれで声をひそめてるつもりかよ？）

気になって二人のあとを尾行けてきた勘九郎が、僅か十数歩背後に迫っていることにも、無論二人は気づいていない。

（桐野はなんだって、この二人で尾行しろなんて言ったのかな）

首を傾げつつ、勘九郎はしばらく二人のあとを尾行けていたが、

「若——」

不意に四つ辻で袖を引かれ、二人が——というより、《東雲屋》喜右衛門が行ったのとは逆の方向へ強引に引き込まれた。

「余計な真似をしてはなりませぬ、若」

「桐野……」

黒皮の袖無し羽織に裁付袴（たっつけばかま）という武芸者姿の桐野にしっかり腕を摑まれた勘九郎は、ぼんやりその横顔に見とれてしまう。

桐野が勘九郎の前に姿を見せるのは、随分久しぶりのことに思われる。

正確には、尾張屋の一件が片付いて以来だから、最後に顔を合わせてからもうひと月近くが過ぎていた。

離れの縁先から何度か名を呼んでみたが、姿を見せてはくれなかった。もとより、桐野の気配を感じてのことではなく、当てずっぽうに過ぎなかったが、当てずっぽうに頼らざるを得ないほど、勘九郎にはまるで桐野の気配が感じとれなくなっていた。

「本気の桐野は凄い」

と感心してみせたものの、実はそのことに落ち込み、誰よりも気にしていたのは勘九郎自身だ。

（嫌われたのかな）

とまで思いつめていた矢先のことだった。

「何処行ってたんだよ？」

まるで、恋人の不実を責めるような口調になってしまったのも、無理はない。

「何処にも行ってはおりませぬ」

「じゃあ、なんで、呼んでも来てくれなかったんだよ」

「…………」

桐野は答えず、勘九郎の腕からも手を離し、冷ややかな横顔だけを向けた。

「あの二人のあとを尾行けたりしてはなりません」

が、その冷たい表情が不意に和み、瞬時に慈母の笑顔に変わる。

「どうしてだよ？　あんな調子で、本当に大丈夫なのかよ？」

唐突な笑顔に対する抵抗もあり、反抗的な口調で勘九郎は問い返す。

「大丈夫なのでございます」

「だから、どうして——」

むきになって言い返そうとした勘九郎の前に、だが既に桐野はおらず、彼の周囲を、無数の人々が行き過ぎている。

（桐野……）

勘九郎はしばし茫然と立ち尽くした。

（夢を見ていたのか？）

と疑わずにはいられぬほど、桐野の姿の消し方は見事であった。なにより、勘九郎はそのとき、瞬きすらしていない。

(これが、桐野か)

ある種の諦めとともに、勘九郎は思った。

はじめからわかっていた筈だ。かつて桐野が勘九郎の呼びかけに応えてくれたのは、ただの気まぐれか、或いは憐れに思ってのことだ。それだけのことだ。

それだけのことだと己に言い聞かせるほどに、勘九郎の心は哀しく痛んだ。

五

カサッ、

カサササ……

足音はせず、ただ僅かに空気を震わす気配だけがした。

十人近い人数で一糸乱れず、足並みを揃えて速く進むのは、訓練を受けた者でなければ不可能だ。ましてや、月も星もない闇夜である。

暗闇の中を、僅かも列を乱すことなく進む様子は、まるで一個の生き物のようですらあった。

先頭を往く者の足が淀みないのは当然だが、あとに続く者たちも殆ど間をあけることなく走る。木戸に行き当たれば、軽々とそれを跳び越えた。

黒装束の一団は、郊外の道から市中に入り、人けのない路上をひた走った。半刻と経たずに、目指すお店の裏口に到着する。

そこにいたって、彼らははじめて個々の動きを見せはじめた。

勝手口の木戸が開いているのを確認する者、音もなくそれを引き開けて中に侵入する者、内部をよく知り先導する者、或いは先回りしようと店の表にまわる者たち……。目配せ一つするでもなく、自ずから役割が決まっていて、些かも逡巡することなく動く。

見事としか言いようがない。

敷地内に入った者は、厨から家の中に入り、表戸の心張り棒を外す——。

ところが。

開かれた表戸の外で待ち受けていたのは仲間ではなく、無数の御用提灯——いや、御用提灯を掲げた無数の捕り方だった。

「火付け盗賊改め方であるッ」

との名乗りを聞くまでもなく、盗賊たちは踵を返した。

「神妙に縛につけぃッ」

という言葉は、当然踵を返したあとで聞くことになる。

不測の事態に、多少は動揺したのだろう。元来た廊下を通って勝手口に戻ろうとする者たちの足どりは微かに乱れた。そもそも、来た道を真っ直ぐ戻るのが安全だと思ってしまったところに、彼らの誤りがあった。

表にまわった筈の五人が姿を消したということは、火盗改に捕縛されたか、斬られたか。何れにせよ、常とは異なる事態が発生したのだ。いつもと同じ動きをしていたのでは、逃げられる筈もない。

「御用ッ！」

案の定、彼らが戻る頃には、勝手口も捕り方によって厳重に固められていた。

「…………」

窮した盗賊たちは反射的に腰の刀を抜いた。柄が長く、刃身の短い忍び刀である。

低く身構えながら、捕り方の中へと突っ込んで行く――。

だが、本来闇に紛れる筈の彼らの姿を、御用提灯の明かりがあかあかと照らし出していた。闇の中でなら存分に力を発揮できる忍びではあっても、明かりの下では厳しい戦いを余儀なくされる。

場慣れした火盗改の強者たちの前に、見る見る劣勢にたたされていった。

「さすがは火盗だ。強ぇなぁ」

天水桶の陰からその一部始終を見物しながら、勘九郎は無邪気に感心する。

「いいんですか、若？」

銀二は終始不満顔だ。

「本当は加賀見さんたちに手柄をあげさせてやりたかったけど、町方じゃ、こうはいかないだろうからなぁ」

「折角苦労して奴らが次に狙うお店を調べたってのに、よりによって火盗に密告るなんて……」

九蔵は更に不満げな口調で言い、

「なんだか火盗のために骨を折ったみてえで面白くありませんね」

銀二もそれに同調した。盗賊側の感情としては無理もない。だが、

「銀二兄までなに言ってんだよ」

勘九郎はさも意外そうに銀二を顧みた。

「あんな外道な連中、獄門にかけねえでどうするんだよ」

勘九郎の顔つきが大真面目であることを、だが銀二は意外に思った。

「だったら、御前と若とで引導を渡してやればいい話でしょうよ」

「それじゃ駄目なんだよ」

「なんでです？」

「あいつらに大事な身内を殺されたのは染吉姐さんの妹分だけじゃねえ。……やつらがくたばっても、殺された人たちは戻っちゃこねえが、やつらがお縄になって、無惨に獄門になるのを見りゃあ、少しは慰めになるかもしれねえだろ」

「若……」

「祖父さんと俺で引導を渡したって、そのことを、殺された人の身内に知ってもらわなきゃ意味がないだろ」

本物の怒りに満ちた勘九郎の言葉に、銀二も九蔵も返す言葉はないようだった。

もとより、勘九郎の提案で、三郎兵衛も賛成していることに、本気で異を唱えるつもりはない。元々は宿敵である火盗改が目の前で活躍する姿を見るのが些か癪に障っただけのことだ。

暗闇の中を一途にひた走る――。

異変を察していち早く脱出したため、幸い手傷一つ負ってはいない。見捨ててきた手下のことが全く気にならないわけではないが、いまは兎に角己の身の安全だ。

（このまま江戸を出るしかあるまい）

己を生かさねばならぬという無意識の危機感が、その決意を強く後押しした。

一旦隠れ家に立ち寄り、身支度することも考えたが、ここまで見事な手並みで追いつめられた以上、既に隠れ家も知られていると覚悟したほうがいい。

（くそッ）

目に見えぬ敵に対する忌々しさを辛うじて喉元で堪えた瞬間——。

「《黒霧》の仁三郎殿」

あっさり、行く手を阻まれた。

不意に名を呼ばれて足を止め、反射的に後退(あとずさ)る。

「それとも、《東雲屋》喜右衛門殿とお呼びするべきか？」

「……………」

どちらかと言えば馴染みの深いその名のほうに、無意識に体が反応した。

「折角だから、一応伊賀の通り名も聞いておこうか」

行く手を阻んだその相手は、同じような黒装束に身を包んでいる。

「貴様、何者だ！」

《黒霧党》の頭・《黒霧》の仁三郎であり、《東雲屋》の主人・喜右衛門は、思わず誰何（すいか）するしかない。

「私が何処の誰か、知りたいか？」

黒装束のその者は低く問い返した。

細身で小柄で、その細い話し声も、まるで女のようだった。

（女子（おなご）か？）

喜右衛門は忽ち喜色を五体に漲（みなぎ）らせた。

勝てる、と確信したのだ。

そう確信させることが、桐野の真の狙いとも知らずに――。

「退（ど）けッ」

口中に低く怒鳴りながら、喜右衛門は突進した。手にした忍び刀の切っ尖を、相手の喉元（のどもと）に向けて――。

だが、その切っ尖が相手の喉か腋（わき）を切り裂くより先に、喜右衛門自身が、翻筋斗（もんどり）打って大の字に倒れた。

（え？）

一瞬間、なにが起きたのかわからず、喜右衛門は戸惑った。なにかに躓いたような心地がしたのに、足下には躓くようなものはなにもない。平らな更地だ。

「おのれ！」

すかさず起き上がろうとしたところを、不意に拘束された。

「え？」

四肢に縄がうたれている。

瞬き一つするあいだのことだった。気がつけばきつく縛り上げられ、身動きできない。

「い、いつの間に……」

「ジタバタするな、《黒霧》の仁三郎……いや、伊賀の仁王丸と呼んだほうがよいか？」

身動きできぬ者に向かって、冷ややかな口調で桐野は問うた。

「な、何故それを……」

「聞けばそなたは、伊賀でも名門といわれる嫡流の一つだというではないか」

「………」

「そんな身の上の者が、誰に唆されたか知らぬが、くだらぬ真似をしでかしたものよ。一体どんな甘言を吹き込まれた？」

「…………」

「まあ、いい。そのへんの話は、あとでじっくり聞かせてもらうことになる。……もっと静かな場所でな」

「え？」

驚いてふり仰いだ伊賀者からは、既に桐野は視線を外している。

「堂神（どうがみ）」

「はい、師匠――」

伊賀者の体を縛（いまし）めたその縄（なわ）じりを捕らえていた堂神が桐野に呼ばれ、嬉々として立ち上がる。

立ち上がれば即ち、雲衝くばかりの巨漢である。そんな巨漢がすぐ近くに身を潜（ひそ）めているというのに、いまのいままで全くその気配を察することができなかった。伊賀者にとってはこの上ない屈辱である。

「連れて行け」

「え？　何処へです？」

堂神は驚いたように問い返した。

「ここから最も近い隠れ家に決まっていよう」

「殿様に引き渡すんじゃないんですか？」

「御前は忙しい。どうせ話を聞くのは私の務めになる」

「そうですか」

納得すると、堂神はそいつの体を軽々と抱え上げ、米俵でも担ぐように肩に担った。

「な、なにしやがるッ」

「なにと言うて、面倒だから運んでやろうというんじゃ。有り難く思え」

「ふざけるなッ。……お、おい、こら、おろせッ」

「ええい、うるさいのう」

己の肩の上にそいつを抱えたままで、堂神は器用にそいつを当て落とした。

（伊賀の仁王丸……噂は本当なのか？）

そいつを抱えた堂神の後ろ姿が闇に消えるのを見送りながら、桐野は無意識に首を捻った。

忍びの中には、異能の者が多い。

忍びではないが、最も身近な例をあげれば、堂神は千里眼の持ち主だ。

伊賀の仁王丸は人の心を読む、と聞いていた。

仁王丸こと、《東雲屋》喜右衛門が、瞬く間に商売を成功させた手並みを見る限り、強(あなが)ち眉唾話とも思えなかった。

だが、《東雲屋》の主人・喜右衛門こと《黒霧》の仁三郎が、即ち伊賀の仁王丸であるかどうかについては、人伝(ひとづて)の噂からでは到底はかりかねた。喜右衛門と仁三郎については、日頃目の当たりにしている者も少なくないが、伊賀の仁王丸を見たと言う者には、未だ一人もお目にかかったことがなかった。

それが、仁王丸の存在を一層神秘的なものと化していた。

そういう者に、迂闊(うかつ)に近づくわけにはいかない。

そんなところへ、お誂(あつら)えに九蔵がきた。

九蔵が《黒霧党》だと目星をつけてともに大坂から来た者たちは、喜右衛門――仁三郎に呼ばれた伊賀者に相違なかった。商売が上手(うま)くいかないので忍びの技を生かして盗みをはじめてみたが、金のありそうな大店を狙うにはもう少し人手がほしくなったのだろう。

桐野が睨んだとおり、本格的に盗賊を生業とするには、矢張り本職の盗っ人の力も必要だった。九蔵が易々と一味に近づけたのも、無論その中に旧知の者がいたためだ。

そして、《黒霧党》の者たちは九蔵に対して概ね無防備だった。

伊賀者の研ぎ澄まされた感覚は、桐野のような同業者や三郎兵衛のような達人には鋭く反応する。銀二のように隙のない者も近づかぬほうがよい。九蔵が銀二を止めたのは、偶然とはいえ大正解であった。

しかし、まるで童(わらべ)のように無防備な九蔵の存在が、隙のない銀二の気配を覆い隠した。

そのため銀二は喜右衛門を尾行し、彼が狙いをつけた押し込み先を特定することができた。人の心が読める伊賀の仁王丸は――なまじ高度な技を修得しているが故に、九蔵のような者を相手にその技を発動したりはしない。

（誰にでも、使い途はあるものだ）

そのことに、桐野自身が最も驚いていた。

第四章　混沌

一

江戸の市中を騒がせた《黒霧党》は、一夜にして壊滅した。

但し、《黒霧党》という名自体はさほど民間に広まっておらず、ひとたび押し入れば家族から使用人まで悉く殺し尽くして去る残忍な盗賊一味、という程度の認識であった。

その残忍な一味が、火盗改によって一網打尽になったことは、読売等によって瞬く間に市中に広まり、人々を安堵させた。

だが、捕らわれた者たちが固く口を閉ざしたため、一味の頭が一人逃れた事実を知られることはなかった。

《黒霧党》の捕縛とときを同じくして、小間物問屋《東雲屋》の主人・喜右衛門が忽然と姿を消していたが、それを盗賊一味の捕縛と結びつける者は、勿論いなかった。借金で首のまわらなくなった主人が、家族も奉公人も捨てて単身失踪した、と周囲からは囁かれた。

「よかったな、《東雲屋》の主人が盗賊一味の頭だということは知られずにすみそうだぞ」

揶揄（やゆ）する桐野の言葉を、《東雲屋》喜右衛門こと、伊賀の仁王丸は無言で聞き流した。

捕らえられ、監禁されながら、ここまで訊問らしい訊問をされていないことを、当然訝（いぶか）しんでいる。

「それで、店はどうする？……もう少しして、ほとぼりがさめたら、戻るか？　上方で金を工面してきたとかなんとか言って——」

時折、本気か冗談かよくわからぬ問いを発する以外、桐野は何一つ肝心なことを仁王丸に問おうとしない。

（この男、違うのか？）

一方、桐野は桐野で、内心首を傾げていた。

伊賀の仁王丸は人の心を読む、と聞いていたが、どうもそんな様子はない。改めて相対すると、異能の者とも思えなかった。

(さては噂は偽りであったか?)

疑いつつ、

「そなた、まこと伊賀の仁王丸か?」

桐野は真顔で仁王丸に問うた。

「なに?」

唐突で奇妙な桐野の問いに、仁王丸はさすがに顔色を変えた。

「どういう意味だ?」

「言葉どおりの意味だ。まこと、伊賀の仁王丸と呼ばれる者はこの世に貴様一人なのか、と訊いている」

「………」

冷徹な口調と裏腹、あまりに奇妙な桐野の言葉に戸惑い、一瞬間言葉を失ってから、

「あ、当たり前だ」

仁王丸は憤然と言い返した。

「伊賀で仁王丸といえば、この俺ただ一人よ」

「まことか？」

「まことだ！」

ついむきになって言い返したが、そのとき桐野は憐れむような表情で仁王丸を見つめただけだった。

（何故だ？ 何故そんな目で俺を見る？）

仁王丸は混乱した。

拘束監禁されながら、何一つ訊問されないという異常な事態とも相俟って、仁王丸は次第に焦れた。

もとより、如何に厳しく訊問されようと、えげつない拷問を受けようと、一言も語らぬ自信はあった。

「で、貴様は一体なんの目的で江戸に来た？」

漸く、訊問らしい訊問がきた、と思い、仁王丸は身構えた。もとより、黙殺するつもりであった。だが、

「近頃の伊賀者は節操がなくて困る。大方金が目当てなのであろうが、金さえ貰えれば、誰にでも簡単に雇われる」

仁王丸の答えを待たず、桐野は勝手に話しはじめる。

「なんだと！」

仁王丸は容易く気色ばんだ。

「そうではないか。いま、どれほどの数の伊賀者が江戸で金目当ての仕事に手を染めているか、貴様は知っているのか？」

「………」

仁王丸は口を閉ざしていたが、答えられなかったにすぎない。

「他の伊賀者のことなど、知るか」

という本音だけは、咄嗟に呑み込んだ。

伊賀の嫡流の威厳を以て口を閉ざしている、と思ってもらえれば有り難いが、桐野はそれほど甘くはない。

「なるほど」

まるで仁王丸の心中などすべて見透かしたように頷いてから、

「伊賀者とて、生きてゆかねばならぬからのう。金目当ての仕事をするのも、ある程度はやむを得まい。……ちなみに、私の師匠は伊賀者だ」

「え？」

「お庭番の祖である薬込め役を作ったのは上様の御父上・光貞公だが、当時は忍び働きといえば伊賀者しかおらなんだ。まこと、伊賀者は誰にでも雇われる」

「そうだ！　金で雇われてなにが悪い！　我らとて、生きてゆかねばならぬのだ！」

仁王丸は不意に声を荒らげて言い募った。一旦激すると、容易には止まらない。

「伊賀者の技を必要とする者がおるから、その求めに応じておるだけのことだ！　それのなにが悪い！」

「悪くはないが、だからといって、あまりでかい面をされても困る。近頃では、江戸のそこらじゅうに伊賀者が溢れておる」

あらゆる感情を排除した声音で、桐野は言った。

「…………」

「そもそもお前たちはなにがしたいのだ？　権力者に己を売り込み、公儀お庭番に取って代わりたいのか？」

「…………」

「金欲しさでやっておるなら、貴様のように商売でもはじめればよいのだ」

「俺は別に、金欲しさから商売をしていたわけではないッ！」

「では、なんのためだ？」

「雇われたからだ！」

「誰に？」

「…………」

思わず言いかけた口を、仁王丸は咄嗟に閉ざした。

さすがに、つられて口を割るほど粗忽者ではないらしい。

「おのれ！　口を割らせようとしても無駄だぞ！」

「黙れ」

冷ややかに言いざま桐野は、忍び刀の切っ尖で、いきり立つ仁王丸の肩を突いた。

「うぅッ……」

四肢を縛り上げられていた仁王丸は短く呻いてその場に突っ伏した。鋭い切っ尖が、仁王丸の皮膚を深く傷つけたのだ。

「殺さば殺せ」

仁王丸は喚いた。はじめて鋭い痛みを与えられた者として、それは正しい反応だった。

「馬鹿か、貴様は」

桐野は鼻先でせせら笑う。

「この状況で、本気で己の命を質に出来ると思うておるのか？」

「痛めつけても……無駄だぞ」

苦痛に喘ぎながら、仁王丸は必死に言い返す。精一杯の強がりであった。

「俺は…なにも話すつもりはないからな」

「そうか」

「殺せ」

という、主張とも懇願ともとれる仁王丸の言葉を、だが桐野は薄笑いで聞き流す。

「なにが可笑しい！」

「勘違いするな」

ピシャリと言い返してから、だが桐野は更に堪えきれずに含み笑う。

「貴様を殺すつもりなら、いつでも殺したいときに殺す。貴様の許しは要らぬ」

「………」

「とはいえ、私も忙しい。いつまでも、貴様一人に拘（かか）わっているわけにはゆかぬ」

「え？」

「これ以上無駄口をきかぬと言うなら、勝手に死ね。……但し、この堂神の目を盗んで自害できるならな」

「絶対に死なせませんや」

と請け負う堂神が桐野の背後で気配を消していたことに、仁王丸はまたしても衝撃を受けた。

「別に死なせてもかまわん。見張っているのが面倒になったら、さっさと殺して、お前はお屋敷の警護に戻れ」

「ああ。私は一旦御前(ごぜん)に報告に行く」

「え、いいんですか？」

「お、おい、待て」

仁王丸は、いまにも立ち去ろうとする桐野を慌てて呼び止めた。

「や、雇い主を知りたいとは思わんのか？」

「ああ？」

「こういうとき、普通は雇い主の名を真っ先に聞き出そうとするものではないのか？」

「雇い主の名など、今更聞き出してどうする？」

「え？」

「一味を火盗に捕らえさせ、貴様を捕らえた時点で貴様らの計略は潰(つい)えた。最早(もはや)雇い主が誰であろうと、どうでもよいわ」

「え？」

冷めきった桐野の言葉に、仁王丸は混乱した。

雇い主の名を聞き出すのでなければ、何故こ奴は己を捕らえて連れ去ったのか。

確かに桐野は、これまで仁王丸に対して、訊問らしい訊問はしていない。

当然拷問も受けてはおらず、最前切っ尖で突かれたのが唯一の拷問らしい拷問であった。漸く本格的な責めがはじまるのかと思いきや、桐野はここを立ち去る、と言う。

（そもそも、ここはなんなのだ？）

移動の途中で堂神に当て落とされ、意識が戻ったときにはここにいた。

薄暗く、殆ど視野のない、洞穴（ほらあな）のようなところだった。

幾重にも四肢を縛り上げられているため、壁に凭（よ）り掛かっていてもその感触がよくわからず、そのわからなさがより仁王丸を不安にさせた。不安故に、話しかけられるとつい答えてしまった。

答えることで優位に立つつもりだったのに、それが全くかなわなかった。

桐野には、仁王丸からなにかを訊きだそうという気がまるでなかったからだ。

「貴様、これからどうするつもりだ？」

身の上話でも聞いているような口調で問うたかと思えば、

「店に戻りたいか？」

更に憐れむような口調で言う。

「出奔した主人が何れ戻るのであれば、店をそのままにしておくよう、主人のふりをして指図することもできるぞ」

本気か嘘かもわからぬ桐野の言葉は、仁王丸を混乱させ、苛立たせるだけだった。

捕らわれたときから、已が、ここから生きて出られるとは夢にも思っていない。しかるに何故、執拗に気休めの言葉を吐くのか。

「堀留町の店が残っていれば、いつでも堅気の暮らしに戻れるぞ」

「余計なお世話だッ」

苛立ち故に、つい語気荒く言い返してしまった。

「生かす気もないくせに、思わせぶりなことを言うなッ！」

「誰が貴様を殺すと言った？」

「…………」

仁王丸は絶句した。

桐野が発する言葉に対して、いちいち律義に反応している時点で負けているのだが、当人は全く気づいていない。

（大方、益体（やくたい）もない話をして、俺を苛立たせ、混乱させようという魂胆だろうが、その手にはのらぬぞ）

仁王丸は懸命に己を鼓舞した。

なにも訊く気はない、というのも、おそらく桐野のはったりだ。本当は、訊きたくて訊きたくて仕方ない筈だ。

だが、そんな根拠のない思い込みも、桐野の一言で忽ち吹っ飛んだ。

「雇い主など、どうでもよいわ」

衝撃を通り越して恐怖すら覚えた。

本当にそれがどうでもよいのであれば、果たして己はなんのために捕らえられたのか。

混乱と恐怖で口を閉ざしていると、

「以前、金目当てで刺客（しかく）となった伊賀者を捕らえたことがあってな」

桐野は淡々と言葉を述べる。

「厳しく責めても何一つ吐かぬし、死を覚悟した者は最早どうにもならぬと思うてしまったが、あるお方の、『命を捨てる覚悟と、実際に死に到る過程は違う』という言葉で目が覚めた」

「…………」

「簡単に命を捨てられると口にする者は、実は死に到るまでの苦痛を何一つ知らぬ。貴様も同じだ、仁王丸——」

「な、なにを——」

「最前、刃で、ほんの少し体を突いただけで顔色を変えて苦痛に呻いた。大方、これまで、さして痛い思いをせずにきたのであろう」

「…………」

「私は、人が最も痛みを感じる箇所を、少なくとも七つは知っている」

「ま、待ってくれ……」

反射的に、仁王丸は懇願した。

「雇い主などどうでもいい、と言ったばかりではないか」

「言ったが、それが？」

「ど、どうでもよいことのために、俺を拷問するのか？」

「拷問ではない。確認だ」

「確認？」

「人が最も痛みを感じ知る箇所……七つまで知っている、と言ったが、実際には九つあるそうだ。あとの二箇所を、貴様で試してみるのも悪くあるまい」

ゾッとするほど凄味のある笑みが満面に滲む。

仁王丸の精神は最早崩壊寸前であった。

日頃お店の奉公人たちに見せてきた冷徹な主人の顔も、冷酷非情な盗賊一味の頭の顔も、いまは見る影もない。

ただ血の気の失せた顔で震えを堪える痩せぎすの中年男がそこにいた。

「ああ、言い忘れていたが、貴様らの……《黒霧党》の隠れ家はとっくに知れているぞ」

「え？」

仁王丸は再度耳を疑った。

「隠れ家に如何ほど隠してあるか知らぬが、仮にここから無事に出られたとしても、苦労して盗み出した金には、二度とお目にかかれぬな」

「嘘だ！」

「もっとも、その前に見張りの者が金を持ち逃げしているかもしれぬが」

「まさか、まさか……」

「だから、店に戻れと再三勧めているではないか。勿論、盗んだ金が店にも隠してあるなら、それは返してもらうがな」

「待ってくれ。頼むから、ちょっと待ってくれ——」

「どんな商売をしてきたのかは知らぬが、少なくとも《東雲屋》は、世間的には堅気のお店だ。出所不明の千両箱が見つかったら、そのほうがまずいだろう」

「………」

仁王丸はなにか言おうとしたが、もうそれ以上は言葉にならないようだった。

二

「ここか？」

「はい」

三郎兵衛の問いに、九蔵は小さく頷いた。

自ら犬になりたい、と宣言したとおり、三郎兵衛に対してだけは別人の如く従順であった。

「中には誰かおるのか？」

と三郎兵衛が指差した先に、《黒霧党》の隠れ家があった。

　家畜小屋や小さな土蔵も備えているようだが、無論空き家だ。外から見る限り、人が住んでいるようには見えない。

「お宝の見張役が、一人か二人残ってるはずです」

「見張りの者は、一味が火盗に捕らえられたことも、まだ知らんのか？」

「さあ…どうでしょう。見張りは、交替の奴が来ねえと外へ出られませんからね」

「ふうむ……気の毒にのう」

　三郎兵衛の無意識の呟きを、だが九蔵は即座に否定した。

「とんでもねえ！　お縄にならなかっただけでもついてるってのに、何れお宝も一人占めですぜ。羨ましいったら、ねえですよ」

「お宝お宝と言うが、一体どれほどため込んでおるのだ？　市中のお店から奪ったものを、こんな山の中まで運ぶのは大変だぞ」

「そりゃ、どっかで大八車でも調達するんでしょうが、盗っ人がお宝を運ぶのはたいした手間でもありやせんよ」

「そうは言うが、お前は手下に言いつけるだけで、自ら運んだことなどはあるまい」

「へへ……殿様にはかないませんね」

悪戯(いたずら)を見つかった小僧のような顔つきで頭を掻く九蔵を、銀二は悪夢かと錯覚した。銀二よりも更に九蔵をよく知る彼の手下らであれば、目を疑ったかもしれない。

(九蔵の野郎、御前のことを親父さんみてえに思ってやがるのかな)

それでも辛うじて、理解しようと努めた。

九蔵のために、一度は熱弁を振るった以上、銀二が請け負った程度の働きはしてもらわないと困る。桐野がどういう了見で九蔵を薦めてくれたかわからぬ以上、銀二は九蔵の人間性を信じるしかなかった。

「だが、九蔵、お宝の見張り役が、一味で最も役にたたぬ無力な者だとするのは早計ではないのか?」

銀二の思案を他所(よそ)に、ふと口調を改めて三郎兵衛が言う。

「え?」

「もし儂(わし)が盗賊一味の頭であれば、大切なお宝の見張り役は、最も腕の立つ者にやらせるぞ」

「それは……」

「銀二はどう思う?」

「同感です。肝心のお宝を奪われたら、元も子もありませんからね」

銀二は即答した。

直接九蔵に言えば即ち怒りを買いそうな言葉でも、一旦三郎兵衛に向けることでそれを回避できる。

「そうであろう？　万一、腕利きの伊賀者などがおれば、お前たちの手に余る。矢張り儂が先に行こう」

「殿様！」

九蔵が慌てて引き止めようとするのを無視して三郎兵衛は歩を進めだした。

「お気をつけください、足下がお悪うござんす」

「年寄り扱いするでない、たわけがッ」

「御前」

銀二も慌ててあとに続いたが、三郎兵衛の本気の歩みに追いつける筈もない。

大股で家の戸口に立った三郎兵衛は、刀のこじりで乱暴に戸板を叩いた。

ダン！

ダンダンダンダン……

何度も叩いた。

もとより、中の気配を窺う(うかが)のが目的だ。

だが、気配はなかった。通常、予期せぬところへ突然の来訪者があればそれだけで人は驚くが、その者に、理由もなく激しく責められるような行為をされれば、驚きが過ぎて遂には戦(おのの)く。狼狽(うろた)えた気配は少なからず外に漏らされる。甚(はなは)だしい場合は、思わず声を漏らすこともあるだろう。

ところが、家の中の者は声をあげぬどころか、僅かに狼狽える気配すら漏らしていない。

「誰もおらぬようだぞ」

三郎兵衛は九蔵を顧みて言った。

「そんな筈はありません」

九蔵は言い張った。

「では、この戸板を叩き割ってみるぞ」

言うなり三郎兵衛は、鞘ぐるみの刀を振るって戸板を叩いた。否、最早叩くなどというなまぬるい動作ではなく、叩き割るという表現が相応(ふさわ)しい。

「どおりゃあ——ッ」

裂帛(れっぱく)の気合いとともに、三郎兵衛は鞘ぐるみのまま刀を振り下ろした。

どうがッ、

重めの斬音とともに、戸板はど真ん中あたりから粉々に飛び散った。古びて乾燥しきっていたせいもあるだろう。

砕けた戸板が弾け、激しく粉塵が舞った、その刹那だった。

しゃ――ッ、

三郎兵衛の面前に、なにかが迫った。

三郎兵衛は反射的に小さく身を反らした。こういうとき、踵を返すほどの大きな動きをすれば、敵はその先を読んで備えをする。即ち、三郎兵衛の避けた先に一瞬速く攻撃を仕掛けるのだ。

だが、三郎兵衛はただ僅かに身を反らすだけで、突然眼前に迫った切っ尖を避けた。踵を返すために身を反転させなかったぶん、余裕をもって相手の動きを把握できた。

ガッ、

唐突に振り下ろされた刃を、三郎兵衛は抜く手も見せず抜き放った力で、受け止めた。ズシリと、重みのある一撃だったが、次の瞬間には易々と跳ね返す――。

「ぬ……」

跳ね返された相手は、その場で容易く頽れた。

「どりゃッ！」

頽れたその背に、三郎兵衛はすかさず、一撃をくれる。

ぐぅッ……

短く悶絶し、そいつは意識を失った。

容易く倒したものの、最初の一撃には多少肝を冷やした。不意討ちの名手とでもいうべきだろう。

「どうだ、儂の言うたとおりであろう」

「え、ええ……」

三郎兵衛に指摘され、九蔵はきまり悪そうに肩を竦めた。

「この者、間違いなく、伊賀者だ」

「………」

「うぬが最初に突入しておれば、今頃うぬの命はないぞ」

「はい」

三郎兵衛の言葉に素直に頷きながらも、

(しつこいな)

九蔵は内心辟易している。

ふと銀二のほうを盗み見ると、銀二は顔を背けて忍び笑っていた。

（この野郎！）

九蔵は思わずカッとなるが、三郎兵衛の手前声を荒らげるわけにも、ましてや殴りかかるわけにもいかない。

「しかし、ものの見事になにもないのう」

三郎兵衛の興味は漸く隠れ家の内部に移った。

家の中は一面の土間で、奥の方に筵(むしろ)が積み上げられているほか、生活に必要なものはなにも置かれていないようだった。

「なにをぼんやりしておる、九蔵。さっさとお宝を捜さぬか」

「は、はい」

三郎兵衛に促され、九蔵は漸く本来の目的を思い出した。即ち、隠れ家に隠されている筈のお宝——盗んだ金を捜すことである。

しかし九蔵はあくまで盗っ人一味の親分だ。自ら家捜しなどしたことはなく、当然手際(てぎわ)も悪い。見かねた銀二が家の奥から要領よく調べてみると、瞬く間に、土間の片隅に掘られた穴と、その中に隠されていた千両箱三つを、探し当てた。

「それで全部か？」

「はい」

「少なくないか？」

三郎兵衛は訝った。

「一家皆殺しを繰り返しながら、こやつらが押し入った商家の数はおそらく十軒以上に及ぼう。……それだけ押し込みを働いていながら、千両箱三つとは少なすぎないか？」

「確かに……」

「他にも隠れ家があるのではないのか？」

「そんな筈はございやせん」

強い語調で九蔵は言い返した。

「一味の隠れ家は、ここだけです」

「だったら、残りは《東雲屋》のお店のほうに運び込んだんじゃねえんですか？」

銀二は見かねて口を挟むことになる。

「いえ、堀留町のお店も、蛻（もぬけ）の殻（から）同然のようでございます」

「桐野」

ふと見れば当たり前のように傍らにいる桐野に、だが三郎兵衛は全く驚かない。

「盗んだ金は、盗んだそばから松平頼近に吸い上げられていたようでございます」

「なに、盗んだそばからだと？」

「吸い上げて、老中や若年寄に手当たり次第ばらまいておりました。……そんな中で、三つも抜き取って隠れ家に運ばせたのですから、《東雲屋》の主人はやり手でございます」

「《東雲屋》の主人とは、伊賀者であろうが」

三郎兵衛は軽く舌打ちをしてから、

「その伊賀者が、何故松平頼近などという破落戸（ごろつき）同然の者に雇われておったのだ？　そもそもあの贋（にせ）大名には、伊賀者を雇うほどの才覚も財力もあるまい」

だが、存外静かな口調で述べた。

「《東雲屋》が大奥出入りを許されたのは、御当代（ごとうだい）様が将軍職を継がれてからのことでございます。《東雲屋》は、実に二十年近くも、江戸で商人の真似事をしておりました」

「なにが言いたい？」

「二十年、堅気の商人を装ってきた者は、最早堅気でございます」

桐野もまた、誰よりも静かな口調で言葉を継ぐ。

「そして、上様が江戸入りなされる以前、我ら薬込め役はまだ江戸にはおりませぬ。

我らが御公儀のお庭番を拝命するのは、上様の江戸御入府以後のことでございます」

「わかりきったことを申すな。お前は一体、なにが言いたいのだ?」

三郎兵衛は少しく焦れる。

「お庭番の組織がいまほど整っていなかった頃には、忍び仕事を務めるのは専ら伊賀者でございました。……二十年前であれば、将来ご公儀の仕事を一手に任せる、との餌で釣られることもあり得るかと——」

「それは、つまり——」

桐野の言葉に、三郎兵衛はしばし絶句した。

「そんな約を交わせる者があるとすれば、権力の座にあるお方だけでございます」

「なるほど、今更その者の名を知ったとて、どうにもならぬな」

三郎兵衛は僅かに表情を弛めた。

桐野の言わんとすることがぼんやり理解できた。

「その者は、おそらくいまはもう権力の座にはあるまい」

「はい」

「伊賀者は焦ったであろうな。大方、新しい権力者に取り入ろうとでも考えたのであろう。……松平頼近に肩入れしたのも、奴を本気で大名にするというよりは、老中や若年寄と誼（よしみ）を通じたかったからであろう」

「御意」

「それで、伊賀者は始末したのか？」

「いえ、一度解き放ってみようかと思っております」

「なに？」

「もし、火盗に捕らえられた者以外にまだ仲間が残っているのであれば、奴に案内させねばなりません」

「見つけて、根刮（ねこそ）ぎ始末するのか？」

「江戸で食い詰めて、ケチなこそ泥にでもなられたら厄介ですから」

桐野は言い、そこで一旦言葉を止めてから、

「それとも、まとめて御前が面倒をみてやりますか？」

口調も顔つきもガラリと変えて言い継いだ。いつもながら、その笑顔にはつい見蕩（みと）れてしまう。

「儂が？」

我に返った三郎兵衛が問い返したときには、無論桐野はもうそこにはいない。

隠れ家に戻ってみると、出入口の戸が開け放してあり、いやな予感がした。《黒霧党》の隠れ家は、千駄ヶ谷八幡近くの山中にあったが、行って帰ってくるのに半刻とはかからない。お庭番の隠れ家は、至る所にあるが、炭焼き小屋であったり土地神の祠であったり、その場に相応しい設えである。

今回の隠れ家は山肌に穿たれた洞穴を利用した簡素なものだが、申し訳ばかりの戸板を立て掛け、それを樹木で覆って人目から隠してあった。その出入口が開け放たれ、洞穴の存在が丸見えだ。

(堂神め。あれほど、出入りには気をつけるように言ったのに……ったく、いつまでたっても粗暴な奴だ)

内心激しく舌打ちしながら洞穴の中を覗き込んで、

(え?)

桐野は一瞬その場に佇立した。

明かりは灯されていないが、桐野には仄暗い穴の中がよく見える。入口近くに堂神が俯せに倒れていて、仁王丸の姿が何処にも見あたらなかった。

(まさか……逃げたのか?)

「堂神ッ」

一瞬後、桐野は堂神に駆け寄った。

既に事切れているだろうと覚悟していたが、一応抱き起こしてみる。

「堂神ッ、堂神ッ」

「んん……なんだ？　あ、師匠ッ」

寝惚けたような声を出しながら、堂神は意識を取り戻した。体に触れて確認した限り、どこにも怪我はしていないようだ。

「なにがあった？」

「それが……師匠が出て行ってから、あの野郎、なんだか急に人が変わったみてえになりやがって……」

「人が変わった？」

「別人みてえにふてぶてしい顔つきで、なんだかごちゃごちゃぬかしてましたが……」

交々（こもごも）と答えつつ、堂神は漸く正気に戻ったようで、忙（せわ）しなく周囲を見回す。

「あ、あの野郎は？」

「逃げたに決まっていよう」

「え!?」

「お前を眠らせておいて、ここに止(とど)まる理由はあるまい」

「畜生、あの野郎ッ！……師匠、すまねえ」

堂神はやおら立ち上がると、

「すぐに見つけて連れ戻します」

踵を返して飛び出そうとする。が、

「無駄だ」

桐野は堂神の法衣の裾(すそ)を摑んで引き戻した。

「いつまでも、連れ戻されるようなところにいると思うか」

「けど、師匠――」

堂神は口惜しそうに唇を嚙むが、

「仕方なかろう。命を取られなかっただけ、有り難く思え」

桐野の言葉に忽ち項垂(うなだ)れた。

（堂神を殺さずに立ち去ったのは、借りを返したつもりか？）

口には出さずに、桐野は思った。

桐野もまた、いつでも殺せる状況にありながら、仁王丸を殺さなかった。或いはそれを恩に着てくれたのか。

だとしたら、存外律義な男だが、まるで別人のようだったというのは少々厄介だ。

(矢張り、噂は本当だったということか)

桐野の前では神妙に振る舞い、より扱いやすそうな堂神が一人になるのを待った。

堂神が一人になると、その心を読み、思いのままに操ったのだろう。

(恐ろしい奴だ)

改めて思ったとき、

「そうだ！　道灌山に登ります」

堂神が唐突に言い出した。

「道灌山の杉の木の上から捜します。……ええ、絶対捜してご覧に入れますよ、師匠」

「ああ、それがよい。必ず捜せ」

と調子を合わせながら、だが桐野は見つかる筈がないことを確信していた。

万一見つかったところで、容易く倒せる相手ではない。

(それに、むきになって捜さずとも、仁王丸のほうから何れ私の前に現れるだろう)

桐野は漠然と予見した。

その一方で、金輪際会いたくはないと願ってもいた。

三

園部藩江戸家老の岸田孫太夫は、先代藩主に用人として仕え、その功を買われて側用人に出世した。

それが、英貞に代替わりする前年のことである。

代替わりしてすぐさま近臣の首をすげ替えるような藩主もいるが、先代を尊崇していた英貞は無闇と己の力を誇示するような真似をせず、家老も側用人も先君のときのままにした。

岸田は気働きのよさを買われ、まもなく江戸家老に抜擢された。

故に、江戸家老となった岸田の江戸住まいも、十二年に及ぶ。

江戸での暮らしは決してよいことばかりではなかったが、岸田にとっては国許にいた頃の何十倍も幸せであった。

そもそも、側用人に取り立てられるまでにも、国許では相当な苦労を経ている。

兎に角、上に阿り、徹底的に媚び諂うことで、取り立てられた。

出世を妬んだ同輩からは、それこそ、先代の足の裏まで舐めんばかりの働きぶりを、

《米搗き飛蝗》と揶揄された。

如何に揶揄されようと、《米搗き飛蝗》は一向平気だった。

誰になにを言われようが、出世して権力を得た者の勝ちである。

結局、岸田はどんどん取り立てられてゆき、それを揶揄する有象無象のほうが割を食うことになった。

しかし、己より立場が上の者に媚び諂う以外には特に目立った能力のない岸田には、一度のぼりつめた地位を保つことも至難の業であった。

国許を離れ、江戸住まいとなった当初の何年かは、ただただ緊張して過ごした。なにか少しでも落ち度があれば忽ち更迭され——最悪の場合は腹を切らねばならぬのが武家社会の常識だ。

そんな理不尽な武家社会に疑問を抱きながらも、そこで生きることを、岸田は選んだ。岸田にとっては、日々の暮らしそのものが地獄であった。

そんなときに、声を掛けてくれる者があった。

「折り入って、岸田様にご相談したいことがございます」

と言われると、

「それがしにできることでしたら、なんなりと——」

湧き起こる歓喜とともに、岸田は応えた。その頃はまだ無邪気なものだった。

「この先お願い事をすることもございましょうが、とりあえず、お楽しみくださいませ」

先方は言い、何度も酒席に招待してくれた。

丹波の田舎で、《米搗き飛蝗》と呼ばれていた頃には夢にも思わなかった日々のはじまりだった。

田舎ではお目にかかったこともない美食珍味に、酒席に侍る綺麗どころ——。

そんな酒席に、毎日のように顔を出していると、当然人が変わってくる。なにしろ、これまで諂っていた自分が、相手から諂われることになったのだ。

贅沢な酒席を、己に与えられた当然の権利と受け止めるようになる頃には、

「どうかよしなに、信濃守様にお口添えくださいませ」

恭しい言葉とともに招待主が差し出す菓子折を、平然と受け取れるようになっていた。菓子折の中に入っているのは、無論饅頭でも最中でもなく、小判の切り餅だと承知した上で——。

（五十両か）

菓子折の箱を手に持っただけで、切り餅の数まで当てられるようになるまでに、さ

ほどのときは要さなかった。

主君の英貞が西の丸若年寄の役に就いたのはそんな矢先のことである。

以後、岸田が切り餅入りの菓子折を手にする機会は益々増えた。

菓子折を携えてくる者たちが、一体なにを取りなしてもらいたいのか、はっきり口に出すことはない。ただ、「お察しくだされ」と言わんばかりに、菓子折を差し出す。

もとより、口に出して言われずとも、岸田にはそれを容易に察することができる。察していながら、だが岸田は、察していないふりをした。差し出されるものを片っ端から受け取っておきながら、実際には一切口添えなどしなかった。

ときを同じくして、他藩の江戸家老たちとの親交も深まっていた。

「袖の下を貰ったことなど、黙っていれば知られることはございませぬ」

「何食わぬ顔をして、次を要求すればいいのでござる」

「もしなにか言われたら、殿が首を縦に振らなんだ、と言えばよいのでございます」

彼らから、悪知恵浅知恵の類も、底無しに吹き込まれた。

彼方此方からせしめた袖の下で、すっかり懐が豊かになると、岸田はいつしか《米搗き飛蝗》ではなくなった。別人のように頭が高くなり、貧乏御家人や田舎の小藩の陪臣を下に見るようになった。

斯様に、金の魔力は容易く岸田の世界を変えた。

吉宗の倹約政策と賄賂の横行は必ずしも無縁ではなかった。

新しい政策によって諸々不自由を強いられることになると、なんとかそれを打開したいと望む者がいる。それ故、権力に近いところには、頼みもせぬのに金が集まる。貯まった金は、ある程度貯まったところでなにか価値のあるものに換えておいたほうがよい、と家老仲間に勧められ、向島にちょっとした家を買った。

所詮武家奉公など、薄氷を踏むが如きものだ。いつ、どんな理由で更迭されたり、最悪切腹を申し付けられたりしないとも限らない。

そんなとき、出奔して身を隠すための、隠れ家にしようと考えた。武士を捨てて町人に身を窶したとしても困らぬだけの蓄えも作った。

「信濃守様に、折り入ってお願いしたいことがありまして。……お口添えいただきませぬか、岸田殿?」

例によって、いつもの常套句とともに近づいてきた男の願いなど、はじめから聞くつもりはなかった。

ただ、その男が欲しがっている額田藩とやらが、御三家の一つ、水戸家の御家門と知り、多少興味を持った。

いまは若年寄の職にあるといっても、園部藩は所詮外様だ。外様の小藩にすぎぬ以上、安泰であるとは言い難い。

御三家と繋がりができれば、なにかと都合がよいかもしれない。

本気で肩入れする気などさらさらなかったが、相手を安堵させるためにも、ある程度の関係性を築くことは必要だと思った。

そのため、

「先日、殿に狼藉を働いた者の素性を探っていただけませぬか？」

と迫られて、つい安請け合いしてしまった。

家中の者を使うわけにはゆかぬので、そこいらの破落戸を金で雇った。

破落戸どもが失敗して始末されても、心は痛まない。要は、相手を安堵させればそれでよいのだ。

案の定破落戸は失敗し、相手が知りたがっていた者の素性はわからずじまいだったが、そんなことはすぐに忘れた。そもそも、そんなことがあったということすら、いまのいままで忘れていた。

「松平様の使いの者が参っております」

と取り次ぎの者に言われたとき、すぐにはどこの松平様かもわからなかった。

松平を名乗る親藩・譜代・旗本は、それこそ無数に存在する。

しばらく考えても遂にわからず、

「どこの松平様だ？」

結局岸田は聞き返した。

「松平頼近様でございます」

（あいつか！）

漸く、思い出した。

「追い返せ！」

思い出すと即ち、言い放った。

あれからしばらくして、「殿に狼藉を働いた者」とやらの正体が知れたのだ。上屋敷の前を通りかかったその人物をたまたま当家を訪れていた他家の江戸家老が見かけ、教えてくれたのだ。

「大目付の松波筑後守様でございます」

「え？」

岸田は耳を疑った。

相手が大目付であれば、狼藉者は頼近のほうではないか。

(確か、《蝮》の異名を持つ切れ者だ)

尾鰭のついた噂なら、いやというほど耳にしている。

一度《蝮》に目を付けられたら最後、頭から丸飲みされる。そんな恐ろしい《蝮》と確執のあるらしい者と親しくしているなどと思われたら、それこそ身の破滅だ。

金輪際、関わりたくはなかった。

水戸家の御家門だと言い張っているが、そもそも側室ですらない下女の子だ。要するに、自称御落胤というやつだ。若年寄がどれほど肩入れしようと、そんな者が、大名に取り立てられるとは到底思えない。

(どうしたら、きっぱり縁が切れるであろうか)

思案しているところへ、日頃から親交のある綾部藩の江戸家老が訪ねてきた。

とりたてて用らしい用はなさそうで、ひとしきり世間話をしたあとで、

「そういえば、こちら様は、大奥お出入りの《東雲屋》と懇意にしておられましたな」

ふと思い出したように、綾部藩の江戸家老が言った。

「特に懇意というほどではございませぬが、《東雲屋》がどうかいたしましたか?」

岸田は注意深く言葉を選んだ。《東雲屋》とは、例の御落胤・松平頼近を介して知

り合った。そのことを、できればあまり知られたくはない。

「ご存知ありませぬか？　主人が夜逃げしたそうでございます」

「え？　何故に？」

ほぼ反射的に岸田は問い返してしまった。すぐに後悔したが、たとえ赤の他人であっても、夜逃げしたと聞いて興味を持つのは自然なことだと己に言い聞かせた。

「商売が立ちゆかず、借金で首が回らなくなった挙げ句の出奔だと聞いておりますが……」

そこまで言って、綾部藩江戸家老は意味ありげに声をひそめる。

「それはまことでございますか？」

岸田もつり込まれて声をひそめた。

「実は、妙な噂がございましてな」

すると綾部藩江戸家老もつり込まれてまた声をひそめる。

「ひと頃世間を騒がせ、火盗改に捕縛された《黒霧党》とやらいう盗賊一味をご存知でございますか？」

「いいえ、一向に――」

「《東雲屋》の主人は、その盗賊一味の頭だった、というのでございます」

「まさか……」

岸田は絶句した。

「何故左様な噂が？」

「なんでも、一味が火盗に捕らわれたのと、主人が出奔したのが同じ時期だったそうでございます」

「たまたまではございませぬか？」

「たまたまかもしれませぬが、なんの根拠もなく、斯様な噂がたつものでございましょうか」

「…………」

「なにかしら、そう思われても仕方のない理由があるのではございますまいか」

「なるほど」

岸田は納得した。

いや、正確には納得して見せた。

ここで妙に《東雲屋》を擁護するようなことを口にしてはならない。同時に、内心の動揺を気取られぬよう平静を装うことにも腐心した。

（なんということだ）

綾部藩の江戸家老がいるあいだじゅう、いや彼が帰ってからも、岸田は生きた心地がしなかった。

《東雲屋》の主人とは、料亭などで何度か顔を合わせたことがあった。大奥出入りの大店だというから、つきあっておいて損はなかろうと思ったが、とんでもない食わせ者ではないか。盗賊の頭というのが根も葉もない噂にすぎないとしても、借金で夜逃げしたというのは事実なのだ。財力を失った商人など、何の役にもたたない。

（知らぬ。儂はなにも知らぬ。《東雲屋》も松平頼近も知らぬ。……ここは知らぬで押し通すしかない）

結局、江戸家老仲間に吹き込まれた浅知恵を総動員するよりほか、岸田に画期的な思案はなかった。

四

松平頼近の脂ぎった両頬が、僅かながらも窶（やつ）れて見えた。

元々あるかないかの乏しい理性もいまや完全に失われ、終日座敷の中をぐるぐる歩きまわるさまは、廣小路の見世物小屋でも歓ばれそうにない。歩きまわりながら、

「どうする？　どうする？」

同じ言葉を、呪文のように口走る。

到底、正気の沙汰とは思えなかった。

「お鎮(しず)まりくだされ、殿」

用人の三郎(さぶろう)が懸命に宥(なだ)めるが、全く聞く耳を持たない。

「一体どうすればよいのだ」

と口走りながら歩きまわり、時折止まって不安げな顔で三郎を見る。

用人といっても、頼近が幼少の頃から世話をしている六十がらみの老人で、武士なのかどうかもさだかではない。頼近が外出する際に付き従うお供の侍も若党・中間(ちゅうげん)もすべて、三郎が金で雇った者たちで、頼近の素性などろくに知らずに仕えている。

つまり、頼近にとっては、三郎だけが唯一無二の腹心なのだ。

その腹心が、

「こうなったからは、一旦国許に戻るのがよろしいかと存じます」

と言い出したとき、

「いやだ！」

と即座に反駁(はんぱく)しながらも、一方では救われたような気持ちになった。

問題は、《東雲屋》が盗賊だということを、頼近らが知っていたことだった。知っていて、彼らが押し込みで奪ってきた金を平然と受け取っていたのだ。

捕らえられた一味の者がもし頼近の名を出せば、如何に水戸家の御家門だと言い張っても、無事ではいられまい。現在の頼近の身分は、あくまで陸奥守山藩主である兄・頼貞の部屋住みに過ぎないのだ。

大名家の御家門なので町方の手にかかることはないとしても、大目付の詮議は免れない。ましてや頼近は、既に大目付の松波筑後守から目を付けられている。

「いやじゃ、いやじゃ！　田舎に帰るなど、死んでもいやじゃ！」

頼近は地団駄を踏み、三つ児のように駄々をこねた。幼い頃から彼を知っている三郎ですら愛想を尽かしたくなる醜態であった。

ひとしきり醜態を演じたあとで、だが頼近はつと真顔になり、

「国許へ帰れば、大目付の詮議は避けられるか？」

全幅の信頼をおく三郎に向かって、問うた。

「それは……」

三郎は答えを躊躇った。

己の主君は愚物中の愚物だが、意外に計算高いところがある。大目付の詮議さえな

ければ、まだまだ我が身は安泰だと信じていたいのだろう。

「避けられます」

それ故三郎は請け負った。

「わかった。国許へは帰る。だがその前に、どうしても、やりたいことがある」

という、意外に強い頼近の言葉を一蹴できるほどには、三郎も知恵者ではなかった。

「かまわぬか？」

「かまいませぬ」

三郎は狂喜した。

愚かな頼近が、珍しく言うことを聞いてくれただけで満足だった。

それ故、彼の願いを無条件で聞き入れることにした。さっさと頼近の願いを叶えて、国許へ戻る。

それが最善の策だと信じて疑わなかった。

五

「小桃ちゃん、早く」

「お姐さん、待って――」

小桃は慌てて足を速めた。

左褄をとりつつの歩みにまだ慣れていないから、急げば即ち転けそうになる。

「あぶないよ」

顧みた染吉がすかさず小桃の手をとった。未だ、足下が危うくなるような時刻ではない。

「走らなくてもいいんだよ」

手をとって助けつつ、染吉は朗らかに笑った。

未だ悲しみの底から這い上がれぬ小桃にとっては、目も眩むほど目映い笑顔だった。

「ごめんなさい」

「そんなことより、お座敷に出て、本当に大丈夫なんだろうね？」

「………」

「無理なら、およし。お客さんの前で悲しい顔しか見せられないような芸者は、お座敷に出るべきじゃないんだよ」

歯切れのよい口調でポンポンと言い放つ染吉に、

「大丈夫です、お姐さん。あたし、もう金輪際お座敷で泣いたりしません」

小桃は答えた。

「だって、《黒霧党》の奴ら、お縄になったじゃありませんか」

「ああ、そうだね」

「悪党は、いつかはお縄になるんです」

悲しみを裡に秘めながらも、小桃はどこか楽しそうだった。

数日前に街中で聞いた、《黒霧党》が火盗改に捕縛されたという読売が、余程嬉しかったのだろう。

「お縄になって、獄門になるんですよね？」

「そうだよ。外道はいつか必ず獄門にかかって地獄に堕ちるんだ」

染吉は力強く請け負った。

「お姐さん……」

小桃が染吉を見返したとき、突如現れた数人の男たちが染吉を取り囲んでいた。普段ならもう少し人通りのあるあたりなのに、今日はまるで人けがなかった。

「なッ……」

ろくに声を発することもできず、染吉は左右から拘束されてしまう。

「お姐さん！」

「逃げなさい、小桃ッ」

戦慄き、怯えて立ち竦む小桃に向かって染吉は叫んだ。男たちに捕られ、強引に駕籠に押し込められながら、だ。小桃は即ち踵を返して逃げ出した。

人けのない道から、賑やかな通りのほうへ向かって逃げた。そうすれば男たちに追われることはない、ということを、頭ではなく本能で嗅ぎ取った。

その後ろ姿を見送りながら、染吉は更に抗った。

「は、離せ、畜生ッ」

到底逃げられそうにないとわかっていながら、あえて染吉が激しく抗ったのは、小桃を逃がすためにほかならない。

もとより染吉の意図など知らぬ男たちは、抗う染吉を懸命に抑え込んだ。

そもそも、彼らに下された命は、染吉を攫ってくることだった。小娘を取り逃がしたところで、どうということはないだろう、とタカをくくっていた。

タカをくくりながらも、彼らにとって最も重要なのは、抗う鉄火芸者を、どうやっておとなしくさせるか、ということだった。もし下手に傷でも付ければ、そのことで叱責されて、最悪の場合報酬を貰えなくなるかもしれなかった。

小桃は逃げた。

夢中で逃げた。途中で草履が片方脱げてしまったが、かまわずに逃げた。

はじめは、目の前で起こった恐ろしいことから逃げたくて走っていた筈だが、途中からは走ることそのものが目的になってしまったかのようだった。

それほど懸命に走っていた。

人通りの多い道へ出て、行き交う人にぶつかりそうになりながら、なお走りをやめなかった。

が、己の意志と関係なく、不意に立ち止まらねばならぬときがきた。

ドン！

と激しく障害物に突き当たったかと思ったら、

「おっと、あぶねえ！」

すぐ耳許で男の声がする。

「どうした、小桃ちゃん？」

小桃の体を真正面に抱き留めることになった男は、面食らいながらも親しげに問いかけた。

「………」

小桃は恐る恐る顔をあげる。

「そんなに急いでどうしたんだ？　それに顔が真っ青じゃないか」

「若様……」

見覚えのある若い侍の顔を見た途端、小桃の張り詰めた気持ちが忽ちとけだす。

そこにいたのは、以前お座敷で泣いてしまった小桃が染吉に慰められていた料亭の廊下で出会った旗本の若様で、一緒に話を聞いてくれた。侍にしては珍しく優しそうな男で、染吉とも旧知な様子であった。

「あ、あの……」

戸惑いながらも、小桃はじっと勘九郎の顔を見つめた。

いまこの瞬間出会うのに、これほど相応しい相手は他にいないのではないか。

「お姐さんが……染吉姐さんが……」

「なに？　染吉がどうした？」

忽ち、勘九郎の顔色が変わる。

「どっかの男たちに、連れて行かれちゃったんです！」

「なに？　連れて行かれた？　拐かされたのか？」

「はい。駕籠に乗せられて……」

「で、その男たちって何処の誰なんだ？」

「わかりません。見たこともない男たちでした」

「侍か？」

「はい、たぶん……」

「くそッ」

勘九郎は激しく舌打ちした。

こんなときのために、染吉の身辺に目を光らせていなければいけなかったのに、つい怠ってしまった。

「大丈夫、染吉のことは絶対に助けるから」

「若様？」

「本当に？」

「ああ、本当だ」

「本当に、助けてくださいね」

勘九郎を見つめる小桃の円らな両目に見る見る涙が溢れていった。その可憐な泣き顔を無言で見返しながら、漠然と、この娘は元々泣き虫なのだろうと勘九郎は思った。

第五章　最後の真実

一

（痛ッ……）

体の一部を、拘束されていた。

四肢の自由がきかないので、手足を縛られているのは間違いない。猿轡もかまされているため、声をあげることもできなかった。

その拘束を逃れようとして藻掻くと、藻掻けば藻掻くほどに苦痛が増す。それでも矢張り逃れたくて、藻掻かずにはいられない。しかも、担がれた駕籠の中だから終始不安定に揺れている。

揺られながら藻掻いているうちに、疲れ果ててしまったのだろう。

いつしか意識を失ってしまったようだ。

そして、意識を失っているあいだに、どうやら密室に運び込まれた。

（ここ、何処？）

気がつくと、柔らかい褥（しとね）の上に寝かされていた。

起き上がろうとするが、両手両足を縛られているので思うようにならない。

（畜生）

勝ち気な染吉は無意識に唇を噛んだ。

己の置かれた状況も、この先訪れるであろう運命も、ある程度予期できた。それ故の焦りもあった。

（逃げなきゃ……）

だが焦れば焦るほど、縛られた四肢は思うように動かない。

スゥッ……

襖（ふすま）の開く音がするとともに、周囲がぼわりと明るくなった。明かりが灯されたのだ。

「染吉」

明るくなったおかげで、この世で最も見たくない男の顔を見なければならぬ羽目に陥（おち）いる。

ける。

「よく来たのう」

下卑(げび)た笑いを満面に滲ませた男は、言うや否や近づいてくると、染吉の体に手を掛ける。

「触るな、クソ野郎ッ」

反射的に、染吉は叫ぶ。

「これこれ、左様に汚い言葉を吐くな。折角の別嬪(べっぴん)が台無しだぞ」

松平頼近は言い、ニヤニヤしながら染吉の肩を抱いた。

「は、離せッ。触るなッ」

染吉は身を捩(よじ)り、全身で拒絶するが、どうにもならない。

「ほほぅ……よい匂いじゃのう」

「離せ、気持ち悪いんだよッ」

「儂は気持ちがよいぞ」

四肢の自由がきかぬ女を背後から抱き竦(すく)め、白い項(うなじ)に舌を這わせる。

ぞぞぞぞ……

まるで剃刀の逆刃を当てられるような感触に、染吉は心底怖気(おぞけ)をふるった。

「やめてぇ〜ッ」

「うおぉ、漸く可愛い声を出したのう」

「お願いですから、離してください」

染吉は心から懇願した。

生理的な嫌悪感は、あっさり矜持を捨てさせる。

「ならば、約束するか？」

身八つ口から手を突っ込んで、柔肌を楽しみながら頼近は問うた。

「な、なにを？」

「この儂を、生涯愛することだ」

「ふざけんなッ」

染吉は全身で嫌悪を示した。即ち、激しく身を捩って頼近を振り払った。

「んぐ……」

頼近は褥に突っ伏して悶絶したが、すぐに気を取り直すと、染吉の裾を摑んで捲りあげる。

「やめろ、助平野郎ッ」

「ふふ……ふはは……よい眺めじゃ」

裾を捲りつつ、目映いばかりの白い内股に触れてゆく。

「やめろぉ〜、それ以上あたしに触りやがったら、てめえのふぐり、ぶっ潰すよ」

「また、斯様にはしたない言葉を吐きおって。……そこがまた、可愛いのじゃが」

「やめろッ、やめろってば！……」

「ふはは……儂が額田藩主となったあかつきには、そなたは儂の正室じゃ。有り難く思え」

「ふざけるなッ」

嫌悪と怒りで激しく身を震わせながら染吉は叫んだ。

「誰がお前なんかの……そもそも、てめえが大名になるなんてあり得ないんだよッ」

「黙れ！　如何にそなたとて、それ以上無礼な口をきけば許さぬぞッ」

すると、頼近の顔つきが一変し、真っ赤になって喚き出す。染吉の悪口に本気で激昂したのだから世話はない。

「儂は水戸家の御家門だ。必ず大名になってみせるわッ」

頼近がむきになって喚くのと、襖が外から勢いよく開けられるのとが、殆ど同じ瞬間のことだった。

「てめえ、いい加減にしろよッ」

大刀を引っ提げた勘九郎が、さほど息を乱す様子もなく部屋に飛び込んでくる。

「性懲りもなく、助平根性丸出しにしやがって。恥を知りやがれ」

言うなりつかつかと歩み寄ると、グィッとそいつの襟髪を摑む。

「き、貴様……」

「この野郎ッ」

怒鳴りつけざま、赤くテカった両頬に、
パパン、パパン、
と小気味よく平手をくれる。

屋根船のときも、軽く平手で張っただけで、忽ち悶絶していた。今回も、当然すぐ泣き顔になる。

「や、やめろ……やめぬか」

「なに、調子のいいこと言ってやがんだよ。てめえだけは、やめろと言ったらやめてもらえるとでも思ってんのか、この野郎ッ」

叱咤とともに、更に三発四発——。

「だ、誰ぞ、おらぬかッ、狼藉者じゃッ」

頼近は懸命に声を振り絞るが、もとより誰も駆けつける者はいなかった。

「底無しの阿呆だなぁ、てめえは」

勘九郎は寧(むし)ろ気の毒そうに言い、殴る手を止めてつくづくとその顔を見た。襟髪にかけた手はそのままだ。

「誰かいたら、俺がここまで入ってこられるわけがねえだろうが」

「え？」

「てめえの手の者たちは全員、とっくに俺が眠らせたんだよ」

「こ、殺したのかッ」

忽ち顔を引きつらせ、悲鳴のような声をはりあげる。

「だったら、どうした！」

「ひ、人殺しだッ。極悪非道の人殺しじゃ――ッ」

「うるせえな」

勘九郎は面倒になり、刀の柄(つか)で頼近の側頭部を殴り、昏倒させた。

「てめえらなんざ、殺すまでもねえんだよ」

刀を鞘に戻しつつ言い、はじめて染吉に向き直る。そして、彼女を拘束する縛(いまし)めに気づくと、脇差しを抜いて素早くその縄を切った。

「若様」

「大丈夫かい？」

助け起こすまでもなく、自ら起き上がった染吉は手早く身繕いをした。

乱れた裾を直し、乱れた鬢を掻き上げる仕草が艶っぽく、不謹慎にも勘九郎は見蕩れてしまう。

「大丈夫ですけど……でも、どうして？」

染吉は勘九郎に問いかけた。

「はは……どうもこうも、どうしても姐さんを助けるのが俺のさだめなんだろ、きっと」

気障だと自覚しつつも、勘九郎は真顔で答えた。

松平頼近とその家臣たちの姿が宮戸川沿岸の屋敷から消えたのは、それからまもなくのことであった。

「無事、額田に戻られたようでございます」

久しぶりで離れの庇の上に立った桐野が、少しく笑いを含んだ声音で告げる。

「無事に、って……あんな奴、野盗にでも襲われりゃいいんだよ。なんで無事に戻ってんだよ」

「そんなことにでもなれば面倒なので、私が密かに警護いたしました。……若もご存知のように、お供は何の役にも立ちませぬ故――」

語尾が低くくぐもったのは、どうやら笑いを堪えているせいだと気づくと、勘九郎は驚いて桐野を仰ぎ見る。

だが、既に灯ともし頃を過ぎているため、残念ながら表情まではよく見えない。

「なにが可笑しいの？」

「いえ、あの御一行は、無駄に贅沢な身形をされているため、実際に街道筋を荒らしまわる野盗・山賊どもから目を付けられていたのでございます」

「え？」

「もしそういう賊に襲われ、旅路の途中で命を落とすことになりますと、いろいろ面倒なのでございます。命を落とすのであれば、額田に着いてからにしていただかないと――」

「あんまり恐いこと言うなよ、桐野」

少しく呆れて勘九郎は言った。

桐野がなにを面白がっているのかがぼんやり察せられ、さすがにうそ寒くなる。

「それで、額田に着いてから、奴は死んだのか？」

「さあ、私の務めは額田まで無事送り届けることでございましたから、その先のことは存じませぬ」

「…………」

「御前の、他のご用もございました故、一行が額田に着くのを見届けて、すぐに戻って参りました」

「なんでそんなこと、俺に教えてくれるんだよ」

「若が、お気になさっていると思いましたので」

「別に、どうでもいいよ。あいつに、大名になられたりしたら、いやだけど。……後ろ盾の盗っ人一味もいなくなっちゃったんだから、これから先は食うにも困るんじゃねえの」

いつしか拗ねたような口調に変わっていったのは、最近の桐野に対する不満がじわじわと湧出しはじめたためだろう。

そもそも、《黒霧党》の捕縛作戦にも参加させてもらえぬどころか、

「余計な真似をするな」

桐野に冷たく叱責された。

以来勘九郎はすっかり落ち込んでしまっている。松平頼近などという小汚い助平親爺が無事国許へ戻った報告を聞かされたくらいで、その心の傷が癒えるわけもない。

「暇があれば、道灌山に登ってみていただけませぬか、若」

「え、道灌山？　なんで？」

「堂神がおります」

「え？　それって……」

慌てて問い返そうとしたときには、だが桐野はもうそこにはいなかった。

「桐野？」

恐る恐る呼んでも、戻ってくる様子はない。

（なんだよ。堂神と連んで、なにしろって言うんだよ）

勘九郎は心中密かに反駁した。

だが、反駁しつつも、明日になれば嬉々として道灌山に向かっているであろう己の姿を、容易く想像することができた。

二

「《東雲屋》の正体は、《黒霧》の仁三郎とか申す、極悪な盗っ人の頭だったそうでございますな」

三郎兵衛の顔を見るなり、開口一番稲生正武は言い、

「とんでもない話でございます。……いや、なんとも恐ろしい……」

大仰に顔を歪めてみせた。

(なにを白々しい)

三郎兵衛はそれを、内心苦々(にがにが)しい思いで見据えながら、稲生正武の正面にゆっくりと腰を下ろす。

芙蓉之間(ふようのま)は今日も静かだ。

「だがそちは、《東雲屋》が伊賀者であることを承知していたのであろうが」

「それはまあ、なんとのう……なにせ当家には、大勢伊賀者がおります故——」

悪びれもせずに稲生正武は答えるが、

「ならば、伊賀者が盗賊であったとしても、別に不思議はなかろう」

言い放つ三郎兵衛の心中はいよいよ厳しい。

「そもそも、伊賀者に命じて商人の真似事をさせていた黒幕は、そちではないのか」

喉元まで出かかる言葉だけは辛うじて呑み込んだが、稲生正武に対する不信感が全身から発せられるのを堪えることはではきなかった。

(問い詰めたところで、どうせ、のらりくらりとはぐらかされるのがおちであろうか

らのう)

伊賀の仁王丸に逃げられたことは桐野から聞いていたが、三郎兵衛はそれを、さほど無念には感じなかった。

黒幕の名を聞き出せぬのであれば、その者を捕らえていたところでたいした意味はなさそうに思えたからだ。

桐野が想像したような背景から、本当に仁王丸を操る黒幕が存在したのだとしても、最早二十年も前のことだ。

幕閣の権力図も既に大きく書き換わっている。とっくに失脚したか、或いはもうこの世にいないかもしれない黒幕の名など暴いたところで誰も歓ばないだろう。

否、或いは黒幕が稲生正武でなかった場合には、稲生正武自身は大いに歓ぶかもしれない。その事実を、なにかに利用しようと目論んで——。

「しかし、《黒霧党》との関係を追及されることを恐れて、松平頼近は旧額田藩の陣屋へ逃げ帰ってしまったようだ。頼近を支援する若年寄の足を掬おうというお前の思惑ははずれてしまったな」

「いや、そうでもございませぬよ」

三郎兵衛の皮肉な言葉にも、稲生正武は全く動じることはなかった。

「《東雲屋》と懇意にしていたのは、松平頼近だけではございませぬ。西の丸若年寄の園部藩江戸家老をはじめ、《東雲屋》から袖の下を受け取った者は少なくありませぬ」

「まさか、袖の下を受け取ったというだけで、それらの大名家を脅すのか？」

「人聞きの悪いことを言わないでくだされ」

稲生正武は、さすがに少しく顔を顰めた。

「それがしは、大名を脅したことなど一度もございませぬぞ」

「だが、若年寄の数を減らすという目的を果たせなんだというのに、そちはどこか嬉しそうではないか」

「それは、いますぐどうこうできずとも、何れ叶います故——」

元々酷薄そうな薄い唇を淡く綻ばせて稲生正武は言った。三郎兵衛が最も嫌いな顔であった。

(矢張り脅すつもりではないか。……やり口は知らんが)

三郎兵衛は甚だ呆れるが、同時に感心もしている。稲生正武のように冷酷な能吏がいてこそ保たれている秩序もあるのだろう。

「で、額田に戻った松平頼近はこの先どうなるのだ？」

いま来たばかりだが、用は済んだのでそろそろ辞去しようという意思表示をこめて、三郎兵衛は話題を変えた。

「どうもこうも、その者は、そもそも陸奥守山藩主である頼貞公の弟君でございますから、身を寄せるのであれば、守山藩に行かれるべきでありましょう。いつまでも額田の陣屋に住まわせるわけにはゆきませぬ」

「逃がすのか？」

「逃がすもなにも、ご公儀は、諸藩の御落胤（ごらくいん）のことにまでいちいち口出しはいたしませぬ」

稲生正武は無表情に言い継いだ。

「御落胤などというものは、そもそもこの世に存在してはならぬのでございます」

かつて、八代将軍・吉宗の御落胤を名乗る天一坊（てんいちぼう）を捕らえ、打ち首獄門に処した経験のある男でなければ、到底言い得ぬ言葉であった。

（あれは、本当に上様のお子であったかもしれぬ）

と、三郎兵衛は思っている。

天一坊が、もし仮に吉宗の子でなかったとしても、果たして死罪に処せられねばならぬほどの罪を犯したのであろうか。

天一坊の生母は、紀州藩主の三男坊で部屋住みの無聊を託つ廃れ御曹司と何処かで出会い、彼の子を身籠もったのかもしれない。部屋住みの三男坊は、一夜妻を哀れに思い、なにか己の身分を示すようなものを残したのかもしれない。

天一坊が、将軍の胤であるかないかは、彼の生母にはわかっていた筈だ。それでも、我が子が将軍の子であればという夢を見た。そんな母の儚い夢に、なんの罪があるというのだろう。

だが吉宗は、天一坊の処刑を許した。我が子か我が子でないか、の問題ではなく、その存在を許すべきではないと判断してのことだろう。

(或いは、我が子かもしれぬと思いながらも、上様は天一坊を切り捨てた。それが、為政者のあるべき姿なのだろう)

頭ではわかっていても、三郎兵衛には、矢張りやりきれなかった。我が子を喪ったことのある者には、到底理解できぬことだった。

松平頼近は、何れ消される運命だろう。

だが、ただ愚劣だという理由だけでこの世に生きることを許されないのだとしたら、それは少し違う気がする。

誰が見ても愚劣としか思えぬ人間になる前に、もっとましな者に育てられる運命もあったのではないのだろうか。

「如何なされました、松波様？」

黙り込んだ三郎兵衛を、稲生正武は真顔で覗き込んだ。既に酷薄そうな笑いは消えている。

「え？」

「まさか、頼近を憐れと思し召しておられるのでござるか？」

「まさか」

ニコリともせずに、三郎兵衛は応えた。

「あんなろくでなし、この儂が引導を渡してやってもよかったくらいだ」

「それにしては、淋しそうなお顔をされておられる」

「ほおう」

三郎兵衛は大仰に顔を顰めた。

「なんでございます？」

「貴様に人の顔色がわかるとは思わなかったわ」

「…………」

稲生正武は気まずげに口を閉ざし、三郎兵衛もまたそれに倣った。

芙蓉之間はいつもどおりの静けさを保つことになる。

大手門を出たところで、見たこともない武士から声をかけられた。

「卒爾（そつじ）ながら——」

鼠色（ねずみ）の裃（かみしも）を着けた初老の武士だった。神経質で気弱そうなその顔に見覚えはない。

「大目付、松波筑後守様とお見受けいたします」

「貴殿は？」

「園部藩江戸家老、岸田孫太夫にございます」

「…………」

三郎兵衛はしばし無言で相手の顔に見入った。その名にうっすらと聞き覚えはあるが、すぐには思いあたる人物もいない。

「それで、ご用件は？」

仕方なく尋ねると、

「申し訳ございませぬッ」

言うや否や、岸田孫太夫はその場に両手両膝をつく——。

「な、なにをなされる」

見ず知らずの武士にいきなり土下座されて、三郎兵衛は慌てた。正直、人違いをしているのではないか、とも疑った。

だが岸田孫太夫は、名乗る前に、「松波筑後守様」と呼んでいる。

「松波様ッ」

「斯様なところで、いきなりなにを……」

困惑しながら、三郎兵衛はじっと岸田孫太夫の一挙手一投足に見入る。もしこれが三郎兵衛を油断させる策であれば、次の瞬間には攻撃に転じてくる筈だ。

「此度の不祥事、何卒お許しくださいませッ」

「おやめなされ、岸田殿。いきなり、無礼ではないかッ」

「申し訳ございませぬッ」

「よいから、お立ちなされい。いきなりわけもわからず土下座されて、許すも許さぬもないではないか」

「どうかお許しくださいませッ」

困惑する三郎兵衛の反応などお構いなしに、岸田孫太夫は地面に額を擦りつけ続けた。思案に思案を重ねた挙げ句、それが、岸田が漸く辿り着いた結論であった。

その半生を、主君の顔色を窺い、足の裏をも舐めんばかりに阿ってきた岸田に出来ることといえは、それだけだった。

（お咎めを受ける前に、詫びてしまうのだ。誠心誠意詫びれば、或いは許してもらえるかもしれぬ）

その信念に後押しされて、岸田は土下座した。

全身全霊で土下座した。

「やめんかぁ、岸田ッ」

そして、一喝された。

雷鳴の轟（とどろ）くが如き怒声であった。その激しい語気は、岸田の鼓膜を容赦なく劈（つんざ）いた。

「………」

岸田は恐る恐る顔をあげた。

鬼の形相をした三郎兵衛が、岸田を睨み据えている。

「ひゃ……」

岸田は小さな悲鳴を発した。

「立て」

「は、はい」

鬼に促されて、素直に立ち上がる。

「泥を払え」

鬼の指示には直ちに従うしかない。岸田は袴(はかま)の膝についた泥を払い、次いで、額に付いた土を袂(たもと)に拭(ぬぐ)った。

「話せ」

短く命じざま、三郎兵衛は先に立って歩き出す。

「屋敷に着くまでのあいだ、貴様の話を聞いてやる」

歩きつつ、背中から言い放った。

「手短に話さねば、屋敷に着いてしまうぞ」

「は、はいッ」

岸田は心得ていて、三郎兵衛の半歩後ろからあとを追う。

「で、一体何をしでかした?」

「…………」

「土下座して詫びねばならぬほどの不祥事をしでかしたのであろう?」

「はい、その儀でございますが……」

恐縮しきった岸田が交々(こもごも)と話しはじめる頃には、三郎兵衛も、岸田孫太夫という名を完全に思い出していた。

（桐野が申していた園部藩の家老か）

思い出すとともに、多少苦い気持ちにも陥った。

（《東雲屋》から金を貰っていた若年寄たちも、当分のあいだ、お咎めはなしだ）

その点についてはせいせいしていた。三郎兵衛は本来、稲生正武の姑息な企みを嫌っている。その思惑がはずれたことは少なからず心地よい。

だが、嫌ってはいるが、それで諸々丸くおさまっていることも理解している。

（くだらぬことに関わりあっているあいだ、他のことは何一つ成せなんだ）

三郎兵衛にはそれが口惜しかった。

己が為すべきは、少なくとも稲生正武の思惑を実践することではない。然るに、今回はすっかり振りまわされてしまった。

屋敷の門前で岸田孫太夫を追い払ってから、

「桐野」

三郎兵衛はふと呼んだ。

大声は出さず、すぐ隣りにいる者に呼びかけるような声音である。それで充分なのだ。

「はい」

桐野は三郎兵衛の半歩後ろにいた。

あとは、彼が本来為すべきことを為すための命を下すだけであった。

三

役者の弥太郎の水死体が、大川から上がった、という報せを、三郎兵衛は朝寝した寝床の中で聞いた。

報せにきたのは、今日も道灌山で江戸市中を見張り続ける堂神と会ってきたばかりの勘九郎である。道灌山の上で、堂神がなにを捜しているかはわからぬが、なにかの探索に参加していると思うと、それだけで気持ちが晴れる。

「弥太郎ってのは、屋根船で殺された《美濃屋》のお紀美の情人だろ。加賀見さんが言うには、少し前から行方知れずになってたらしいぜ」

「儂はなにも聞いておらぬぞ」

三郎兵衛は床の中から不機嫌に言い返した。

寝起きの床の中で聞かされるにしては、あまりに重大な出来事ではないか。そもそも、わざわざ屋敷を訪れ、「江戸にいるあいだにケリをつけたい」と宣言したのは加賀見である。その割には、その後三郎兵衛に対してなんの報告もない。

三郎兵衛にはそれが不満であった。

「加賀見さんだって、忙しいんだよ。あとで屋敷に来るって言ってたよ」

三郎兵衛の怒りを、加賀見に無視されたが故のいじけと受け取った勘九郎は気軽な口調で笑いとばしたが、九ツ過ぎになってやっと訪れた加賀見源右衛門はこの上なく暗い顔つきであった。

「それがしの見込み違いであったやもしれませぬ」

現場を見ることのかなわぬ三郎兵衛に、己の見たままをすべて語り聞かせてから、悔恨に満ちた口調で加賀見は言った。

「どうした、加賀見？」

「美濃屋のお紀美を殺したのは、まこと、弥太郎であったのやもしれませぬ」

「何故そう思う？　弥太郎が身投げをしたからか？」

「身投げかどうか、しかとはわかりませぬ」

「しかとはわからぬのか？」

「しかとはわかりませぬが、可能性はございます。弥太郎の着物の袂には、大きな石ころが幾つも入っておりました。身投げとすれば、お紀美を殺してしまった自責の念にかられてのことかもしれませぬ」

「なるほど」

三郎兵衛は一旦肯(うなず)いたが、

「だが、何故今頃になって自害する？　自責の念にかられて自らを罰するのであれば、もっと早く自害していて然るべきではないのか」

当然の疑問を口にした。

すると加賀見は、

「弥太郎は、ずっと番屋に捕らえられておりました。……折角捕らえながら、何故あのときもっと強く責めなんだのか、悔やまれます。もし厳しく責めておれば、弥太郎は罪を認めたかもしれませぬ」

まるで予(あらかじ)め用意していたかの如く、スルスルと言葉を継ぐ。

「然るに、弥太郎は下手人(げしゅにん)ではないと勝手に思い込み、追及の手を弛(ゆる)めてしまいました」

「待て、加賀見――」

三郎兵衛は慌てて加賀見の言葉を止めようとするが、

「わかっております。それがしが、三年前の殺しと重ねたりしたからでございます。

いまとなっては、それも悔やまれます」

それを無視して、加賀見は己の言いたいことを言う。

終始項垂(うなだ)れたままではあったが。

「加賀見――」

「申し訳ございませぬ、松波様。こんなことなら、三年前の件など、持ち出すべきではございませなんだ」

「今更なにを言っておるのだ、貴様は――」

三郎兵衛は呆れ声を出すが、加賀見の落ち込み方は尋常なものでなく、責めるような言葉をかけるのもしのびなかった。

「松波様には、申し訳ないことをいたしました。……とんだことで、ご迷惑をおかけいたしました」

「儂は別に迷惑などかけられておらぬが……」

困惑しつつ、三郎兵衛は加賀見を熟視した。どこから見ても、当てがはずれて大層落ち込む能吏の姿に相違なかった。

本来ならば、目の前で激しく落ち込むかつての部下に、なにか優しい言葉をかけるべきだったが、何も思いつかなかった。

ただ困惑し、黙り込んだ加賀見の横顔を不安な面持ちで見つめるだけだった。

船はゆっくりと、流れのままに下ってゆく。

半ば開かれた障子から吹き入る風は存外温かく柔らかだった。

「寒くはあるまい？」

それでも一応、三郎兵衛は訊ねた。

勘九郎に激しく反抗された折の記憶が新しくなまなましいため、つい慮(おもんぱか)ったのだ。

「はい、寒くはございませぬ」

加賀見源右衛門は緩く首を振った。

「ならば、よかった」

三郎兵衛は安堵する。

それから改めて、膳の上を確認した。

「なんだ、加賀見、ちっとも空いておらぬではないか」

加賀見の酒がちっとも進まぬことをチラッとからかってから、三郎兵衛は自らの盃(さかずき)に手酌で注いで飲み干した。

「申し訳ございませぬ。日頃から不調法な上に、ちと船酔いしたようでございます」

「そちは船が苦手であったか。ならば、別の席を設ければよかったのう。折角のそちの祝いであったに……」

「いえ……」

「しかし、眺めは悪くあるまい？」

「はい」

「どうだ？」

「え、どう…とは？」

「なんだ、なんとも思わんのか。そちにとっては、江戸の景色もこれで見納めではないか」

「ああ…そのことでございますか」

加賀見は少しく安堵した様子を見せたが、三郎兵衛が期待するほどには、外の景色に目を向けようとしない。

船酔いしているのなら無理もないが、どうも今日の加賀見は最初から様子がおかしかった。

「顔色が悪いのう、加賀見。それほど船が苦手か。……おい銀二、ここらで少し、船を停めてくれ」

「はい」

舳先に立った銀二は棹を使って船を陸に寄せ、乗り上げた。

陸には葦が生い茂り、水鳥も遊んでいる。

二羽三羽と飛んできては、すぐに飛び立つ。

「しばらく休めばそちの気分もよくなるだろう」

「あ、いえ、はい……」

加賀見源右衛門は不得要領に頷いたが、相変わらず外を見ようとはしない。

「何故目を逸らす？」

「え？」

「それとも、さすがに胸が痛んでまともに見られぬか？」

「な、なんのことでございますか？」

「確かこのあたりであったかのう。……三年前、桃太郎の死体が見つかったのは」

「………」

「ああ、先月の、《美濃屋》のお紀美もここいらだったかな」

「なんですか、松波様、唐突に……」

加賀見の顔が目に見えて歪む。

それが、懸命に笑おうとして笑えなかった結果なのだということは、三郎兵衛には

お見通しであった。

「おかしいではないか、加賀見。誰よりもそのことを気にかけ、下手人をあげたい、と願ったそちが、よもや忘れていたと申すか？」

「わ、忘れていたわけではございませぬ」

「そなた、船を停めたのに、船酔いがちっとも治まらぬのう。さきほどより、ずっと顔色が悪くなっておるぞ」

「…………」

「それとも、なんぞ、後ろめたいことでもあるのか？」

「な、なにも……」

「いや、後ろめたくて当然だ。人の心というものが残っておるならな」

「さ、先程から、一体なにを仰せられて……それがしにはさっぱり……」

「では、はっきり言ってやろう。深川芸者の桃太郎をはじめ、娘らを手にかけたのは貴様だな、加賀見」

加賀見源右衛門は一瞬間息を止めて三郎兵衛を見返した。すっかり血の気の失せた

顔をしていた。

「はははは……」

一瞬後、加賀見は乾いた笑い声をあげた。

到底、上手く笑えているとは言えぬ笑い声であったが、本人は満足したのだろう。

「なにを仰せられるかと思えば……ふはははは…冗談がすぎまする、松波様」

最前までの煮え切らぬ態度から一変し、人が変わったように太々しい言い草であった。

「そ、それがしが、なにをしたと仰せられました？　ひゃはははは……」

一度笑い出すと、堰を切ったようになり、なかなか自力では止められないのかもしれない。加賀見の笑い声はしばし葦原を席巻した。

三郎兵衛はしばらく黙ってその狂気の笑いを聞き流していた。笑いたいなら、一生分笑わせてやろう、というつもりで、根気よく待った。

（もう金輪際、腹の底から笑うことなどできまい）

加賀見が自ら笑い止むのを根気よく待ってから、

「可笑しいか？」

憐れむように、三郎兵衛は問うた。

「何一つ可笑しくはあるまい」

「…………」

「それとも、儂の口から逐一語られねば気がすまぬのか、加賀見？」

加賀見は答えず、しばし沈黙した。

黙り込み、変わらぬ外の景色にしばらく見入ってから、

「いつから……いつからそれがしを疑っておられました？」

絞り出すような声音で、加賀見源右衛門は問い返した。

四

当時、加賀見源右衛門は、無理に無理を重ねていた。

与力の職にあって十数年余。理想の部下として奉行に仕え、理想の上役として同心たちを束ねてきた。だが、皆の信頼を得るために己を律し、奮い立たせるにも限界があった。

そもそも己には、それほどの器量はないのだということを、誰よりも加賀見自身が自覚していた。

ぬるくて緩(ゆる)い奉行の下にいれば、身の丈に相応(ふさわ)しい自分でいられたが、折悪しく、三郎兵衛のような奉行がきてしまった。

三郎兵衛に一目置かれる与力であるためには、少々の無理では足りなかった。

だが無理の積み重ねは、いつしか加賀見の精神を蝕んだ。

多少の不正を目こぼしする代わりに、地回りや悪徳商人から袖の下を貰うのが、加賀見の裏の顔となるまでにさほどのときは要さなかった。裏の顔を持つことで、辛うじて精神の均衡を保つことができた。

地回りとの癒着の場面を、芸者の桃太郎に見られてしまったのは加賀見にとっても桃太郎にとっても不運としか言いようがなかった。

普通に考えれば、若い芸者が、人格者で知られた奉行所の与力を糾弾するなどあり得ぬことだ。素知らぬ顔をしていれば、そのうち忘れてしまうだろうし、どうしても気になるようなら因果を含めればよい話だった。

客の事情を他所(よそ)で無闇と他言しないというのはお座敷の暗黙の掟だ。それをしっかり守っているのが玄人(くろうと)の芸者なのだ。

たとえば、少し値の張る花簪(はなかんざし)の一つでも買い与えれば、即ち解決したに違いない。

だが、加賀見にはそうできなかった。桃太郎が、彼方此方（あちこち）で触れまわるのではないか、という恐怖に取り憑かれてしまった。

思い詰めた加賀見はお座敷帰りの桃太郎を何夜か続けて尾行し、遂に彼女が一人になったときを狙った。

そのとき具体的になにがあったのか、実は加賀見はよく覚えていない。

気がつけば、赤い根掛（ねがけ）で首を絞められた桃太郎が、持ち主不明の屋根船の中で事切れていた。

かねてより顔見知りの奉行所与力・加賀見をまるで疑わぬ桃太郎を、加賀見は容易く、たまたまそこにあった屋根船へと誘い込んだ。

「話ってなんですか、加賀見の旦那？」

屈託のない顔つき口調で、桃太郎は問うただろう。だが、問われたことで、加賀見は追いつめられた。いや、追いつめられた心地に陥った。

「そういえば、この前、茂蔵（しげぞう）親分のお座敷にいらしてましたね」

悪気もなく桃太郎は言ったのだろうが、茂蔵親分の名を出された途端、加賀見は動顚した。桃太郎を黙らせようと口を押さえ、藻掻く桃太郎と揉みあううち、我を忘れてしまったのだろう。いつしか桃太郎の髷（まげ）から抜き取った根掛で、その細い首を絞めていた。

息をしていない桃太郎を改めて確認したとき、加賀見は己の人生が終わったことをぼんやり悟った。

絶望の淵にある筈なのに、だが加賀見は何故か晴れ晴れとしていた。己が手をかけて若い娘の命を奪ったことに、陶然と酔いしれていた。己の真実を知った気がした。

それからひと月後、加賀見はまた別の娘を殺した。

大店の箱入り娘であるお園は、見かけこそ可憐であったが、中身は途轍もなく邪悪だった。

七つの年から育ててくれた後添いの継母のことをひどく嫌っていて、密かに毒殺しようと企んでいた。継母のお信が善良な女であることはわかっていたから、密かに呼び出して説得しようと試みたが無駄だった。

「あんたがお信を庇うのは、大方お信と密通してるからだろ」

小娘とも思えぬ口調で指摘されて、加賀見はカッとした。当たらずと雖も遠からずで、お信は加賀見の幼馴染みだった。淡い思いを抱いたこともある相手であった。

「あんたが、お信と連んでお店の身代を奪うつもりだ、って言い触らしてやるよ」

小娘なりの憎まれ口だったのだろうが、加賀見を暴発させるには充分だった。

「あの世で好きなだけ言い触らせ」

　そのとき娘の耳許に低く囁いたかどうか、確たる覚えはない。お園の髷から赤い縮緬の根掛を解き、それで改めて首を絞め直したのは、無意識の行動だった。

　あとは、持ち主不明の屋根船に乗せるだけだったが、それは存外容易いことだった。職務柄、風で流されてしまった持ち主不明の屋根船なら、一箇所にまとめて管理している。加賀見は易々とその屋根船の一つにお園の死体を乗せた。

　それから半年後、また一人、娘を殺さねばならなくなったとき、さすがにこれで最後にしようと加賀見は思った。

　旗本屋敷に奉公していたその娘は、望みもせぬのに当主のお手がつき、子をみごもっていた。

「私には子がありませんから、このままでは、あの娘の産んだ子がこの家の跡継ぎになってしまいます」

　嫉妬と打算によって追いつめられた奥方から、泣きつかれた。

「側室に子が生まれようと、貴女がご正室であることに変わりはございませぬ」

　という正論で説得すればすむ話だったが、加賀見にはできなかった。

　奥方は、加賀見が若い頃通った道場の、道場主の娘で、かつて淡い恋心を抱いたことがあり、付け文をしたこともある相手だった。そのときの付け文はいまでもとってあるらしく、泣きつかれると、いやとは言えなかった。その娘のことは不憫(ふびん)でならなかったが、奥方の意向には逆らえない。

加賀見は、町奉行与力の身分を利用してその娘を誘い出した。

「奉行所の与力様が、なんの御用でしょうか」

色白で、目鼻立ちの美しい娘に、加賀見は見蕩れた。これなら、二千石の旗本当主の手がつくはずだと納得もした。納得した瞬間、かつての思い人であった奥方を裏切ってしまったかの如く錯覚し、狼狽した。

「お前に用などない！」

加賀見は夢中で娘の首を絞めた。

赤い根掛ではなく、己の手で首を絞めた。

絞められても、娘はさほど抗うことはなかった。或いは、加賀見の形相をひと目見た瞬間から己の運命を悟り、諦めていたのかもしれない。

娘の息が止まったのを確認してから、用意してきた赤い根掛をその細い頸(くび)に巻き付けた。

巻き付けながら、これが最後だ、と厳しく己に言い聞かせた。

もう二度と、罪もない娘を手にかけるなど、真っ平だった。そもそも、好きで犯した罪ではない。仕方がなかったのだ。

（せめてお奉行がいなくなれば……）

加賀見の希望はやがてかなえられた。

ほどなく三郎兵衛は任期を終え、南町奉行の職を去った。前の奉行の頃とは桁違いの数の下手人をあげ、充実した日々ではあったが、加賀見の手には少々――いや、かなり余った。

加賀見には束の間の平穏が訪れた。

だが、三年の時を経て、抑え込んでいた加賀見の狂気が解き放たれることになってしまった。

《美濃屋》のお紀美は、とんでもない馬鹿娘だった。

ろくでもない男に入れあげ、店の金をこっそり持ち出しては弥太郎に貢(みつ)いでいた。

見かねた加賀見が、密かに呼び出して説教すると、言うに事欠いて、

「うるせえよ」

お紀美はぞんざいに言い捨てた。

「大方母さんに頼まれたんだろ、お町(まち)の旦那」

可愛い顔とは裏腹のその憎々しい言い草が、加賀見の中で消えかけていた過去を呼び覚まし、当時の感情に引き戻すには充分だった。

お紀美の白い顔に、かつてのお園が重なった瞬間――。

（こんな毒婦は、生かしておいてもろくなことにならない）

加賀見の体は、悪霊にも似た思いに乗っ取られた。

正気に戻ったときには、お紀美は加賀見の手の中で息絶えていた。お紀美の頸には、お紀美の髷から解いた赤い根掛が巻かれていた。

三年前と同様の後始末をしてから、加賀見は不意に恐ろしくなった。

己の中の狂気は、抑え込んでいたあいだも潰えることなく、確実に大きく育っている。このままでは、己の力では抑え込めなくなるかもしれない。

恐怖にかられた加賀見は、なにを血迷ったか、三郎兵衛の許を訪れた。三郎兵衛ならば、己の罪を暴いてくれる、いや暴いて欲しい、と願ってのことだった。

自ら白状する度胸はないが、三郎兵衛によって暴かれるのであれば本望だと思った。

だが同時に、隠し通せるものなら隠し通したい、と願う自分もいて、加賀見は自分でもどうかしている、と思った。

もとより、自ら進んで殺しに手を染めてしまったときから、どうかしているに違いなかった。

五

「いつからそれがしを疑っておられました？」

加賀見はもう一度、三郎兵衛を顧みて問うた。

「そちが、暇乞いと称して当家を訪れたときから――」

「え？」

「と言いたいところが、さすがにそれはない。だが、おかしい、とは思った」

加賀見が驚愕の表情を浮かべるのを見て、三郎兵衛は忽ち相好をくずした。

目の前にいるのが、いまのいままで己を欺いていた憎き殺人者とわかっても、そんな表情を見せてしまう、そんな己に、三郎兵衛は自ら困惑した。

加賀見を厳しく糾弾すべきなのに、何故かできない。

「まあ、どこがどうおかしい、と察したのは、ずっとあとになってからのことだがな」

「おかしいとご承知の上で、それがしを泳がせたのでございますか」

言い返す加賀見の声音は、心なしか震えていた。

「そんなつもりはさらさらないわ。お前に責められる謂われもな」

三郎兵衛はさすがに厭な顔をした。

「そもそも貴様は、はじめから、そのつもりで儂のもとを訪れたのであろうが」

「…………」

「あの日暇乞いに訪れさえしなければ、終生隠し得たかもしれぬのだぞ」

「…………」

「何故、来た？」

「…………」

「罪の意識に、堪えかねたのか？」

答えぬ加賀見に向かって、三郎兵衛は問いかけ続けた。

「そうなのだな？　それ故儂の手で、すべてを白日の下に曝してほしかったのだな？」

「…………」

「何故だ、加賀見？　何故斯様な真似を——」

三郎兵衛の言葉が澱み、その声音がはじめて湿りを帯びたものに変わった。三郎兵衛のよく知る加賀見の、馬鹿がつくほど実直な顔の中に、漸く別の表情が見えはじめたのだろう。

それが辛くて、三郎兵衛は加賀見の顔から目を逸らした。

「できれば、三年前に暴いてほしゅうございました、お奉行様」

再び絞り出すような声音で言い、加賀見はガクリと項垂れた。

「三年前に捕らえられていれば、お紀美を殺すこともございませなんだ」

「勝手なことを言うな。お紀美だけでなく、弥太郎の身投げもそちの仕業(しわざ)であろうが」

「申し訳ございませぬ」

加賀見は素直に頭を下げた。

「あのときは、松波様が暴いてくださりそうにないので、手っ取り早く弥太郎のせいにして幕を引こうといたしました」

「おかしな奴だ。罪の意識に嘖(さいな)まれながら、更に罪を重ねおって……」

「申し訳ございませぬ」

「最後に一つだけ訊く。此度、三年前の三件の殺しを洗い直してわかったのは、お園の継母とも、旗本屋敷の奥方とも、そちは浅からぬ縁があった、ということだ。だが、三年前、そちはそのことを隠した。隠したということは、そこになんらかの事情がある、ということだ。その事情がなんなのかは知らぬ。知る必要もあるまい。わからぬのは桃太郎の一件だ。そちと桃太郎のあいだには何一つ接点はなかった。然るに何故、そちは桃太郎を手にかけたのだ？」

「忘れてしまいました」

「なに？」

「それがしは人殺しの外道にございます。外道は、理由などなくてもいくらでも人を殺します」

加賀見の面上には、いつしか醜悪な笑みが滲んでいた。

「貴様」

三郎兵衛は反射的に身構え、腰を浮かせた。加賀見の手が、脇差しにかかるかかからぬか、というところだった。

「たわけがッ」

加賀見が脇差しを抜ききる前に、三郎兵衛はその手を払い、払いざま、加賀見の鳩尾へ拳を叩き込む。

ぐぅ……

加賀見は容易く悶絶した。

「貴様、儂の手にかかろうとしたな」

「…………」

「安易に儂の手にかかろうなどと、金輪際思うでないぞ。……理由もなく人を殺すような外道など斬る気はないわ。潔(いさぎよ)く獄門にかかれ」

冷ややかな声音で三郎兵衛は言い放った。かつての部下に対する、あらゆる感情を切り捨てた声音であった。

※　※

「なあ、祖父さん」

書院の花頭窓(かとうまど)から望める八分咲きの花をぼんやり眺めながら、勘九郎がふと口を開いた。

「三年前の殺しを洗い直すのに、結局桐野を使ったろ」

「仕方なかろう。昔のことを調べようと思ったら、お庭番にやらせるのが一番じゃ」

「昔たって、ほんの三年前じゃねえか」

「五月蝿(うるさ)い奴だな。なにが言いたい？」

書面から顔をあげずに三郎兵衛は問い返す。

「桐野を、御公儀の役目以外のことに気安く使うのはやめたんじゃなかったのかよ」

「殺しの下手人を探索するのは御公儀のお役目だ」

「詭弁(きべん)だ。とんでもねえ詭弁だ」

「いちいち五月蝿いのう、豎子(こぞう)。……ほんの三年前の調べなど、桐野にとっては一日とてかからぬわ」

「そうやって、本来の役目以外のことにこき使うから、桐野が滅多に姿を見せてくれなくなっちゃうんだろ」

「それは貴様に限ったことであろう。儂が呼べばいつでも出てくるわい」

「それが狡(ずる)いって言ってんだよ。なんだよ、自分ばっかり……」

「…………」

三郎兵衛は半ば呆れて口を噤(つぐ)んだ。

「狡いよ。祖父さんには九蔵親分だっているじゃないか」

「九蔵はとっくに去ったぞ」

「え？」

「知らなかったのか？」

「知らなかったよ」

勘九郎は素直に認めた。

「でも、どうして？　あんなに熱心に犬にしてくれ、って言ってたじゃねえか」

「飽きたのだろう」

パタリと手許で冊子を閉じざま、三郎兵衛は言った。

「え？」

「銀二も九蔵も、所詮将棋の駒だ。役に立たなくなれば、捨てる。同様に、いやになれば、向こうから去ってもよい」

三郎兵衛は更に言い募り、やおら勘九郎を見た。

「そういえば、今日は道灌山へは行かぬのか？」

「行かねえよ」

勘九郎は即答した。

「堂神が待っているのではないのか？」

「堂神なんか、知らねえよッ」

勘九郎は思わず声を荒らげ、だが声を荒らげてしまったことを、すぐ悔いた。堂神の人捜しは難航していて、まだ当分勘九郎の出番はなさそうなのだが、そんな子供じみた理由で不機嫌になっているとは思われたくない。

「そういえば、染吉には話してやったのか？」

「え？」

「加賀見のことだ。……染吉は、桃太郎の仇討ちがしたいと望んでいたのであろう？」

「ああ……下手人が捕まったってことだけは、伝えたぜ。…少し、歓んでくれた」

勘九郎は気まずげに答え、

「豎子にしては、上々の了見だ。ありのままを伝えたところで、染吉は救われぬ」

三郎兵衛は僅かに愁眉(しゅうび)を開いた。

ふと吹き入った微風(そよかぜ)が、僅かに儚(はかな)い花びらを運んだ。

「されば、春か……」

無意識に呟いたが、

「なに言ってんだよ、糞爺ッ」

勘九郎の悪態で、折角の歌心が瞬時に吹っ飛ぶ。

「黙れ、豎子ッ」

一喝し、だがそれ以上はもうなにも言わなかった。言わねばわからぬのであれば、仮に言ったとしてもわかるまい。

三郎兵衛は、気鬱げな顔つきでふと外を見た。いまにも暮れそうな空の下で見る花は、天上のものの如く美しかった。

二見時代小説文庫

伊賀者始末 古来稀なる大目付8

二〇二三年 四 月二十五日 初版発行

著者 藤 水名子

発行所 株式会社 二見書房
〒一〇一-八四〇五
東京都千代田区神田三崎町二-一八-一一
電話 〇三-三五一五-二三一一［営業］
〇三-三五一五-二三一三［編集］
振替 〇〇一七〇-四-二六三九

印刷 株式会社 堀内印刷所
製本 株式会社 村上製本所

落丁・乱丁本はお取り替えいたします。定価は、カバーに表示してあります。

 ISBN978-4-576-23039-9
https://www.futami.co.jp/

藤 水名子

隠密奉行 柘植長門守 シリーズ

完結

伊賀を継ぐ忍び奉行が、幕府にはびこる悪を人知れず闇に葬る！

① 隠密奉行 柘植(つげ)長門守(ながとのかみ) 松平定信の懐刀
② 将軍家の姫
③ 大老の刺客
④ 薬込役の刃
⑤ 藩主謀殺

旗本三兄弟事件帖

完結

① 闇公方(やみくぼう)の影
② 徒目付(かちめつけ) 密命
③ 六十万石の罠

与力・仏の重蔵

完結

① 与力・仏の重蔵 情けの剣
② 密偵(いぬ)がいる
③ 奉行闇討ち
④ 修羅の剣
⑤ 鬼神の微笑

女剣士 美涼

完結

① 枕橋の御前
② 姫君ご乱行

大久保智弘

天然流指南

シリーズ

以下続刊

①竜神の髭(ひげ)
②竜神の爪
③あるがままに

内藤新宿天然流道場を開いている酔狂道人酒楽斎(しゃらくさい)は、五十年配の武芸者。高弟には旅役者の猿川市之丞、深川芸者の乱菊がいる。市之丞は抜忍(ぬけにん)の甲賀三郎で、七変化を得意とする忍びだった。乱菊は「先読みのお菊」と言われた勘のよい女で、舞を武に変じた乱舞(らんぶ)の名手。塾頭の津金仙太郎は甲州の山村地主の嫡男で江戸に遊学、負けを知らぬ天才剣士。そんな彼らが諏訪(すわ)大明神家子孫が治める藩の闘いに巻き込まれ……。

二見時代小説文庫